KB247754

The Hound of the Baskervilles

푸른숲
징검다리
클래식

008

바스커빌가의 개

The Hound of the Baskervilles

아서 코난 도일 지음
이혜경 옮김

푸른숲주니어

'푸른숲 징검다리 클래식'을 펴내며

어린 시절, 할머니께서 조근조근 들려주시던 옛날이야기는 새로운 세상과 통하는 작은 창이었다. 상상의 날개를 달고 떠나는 창 너머 세상으로의 여행은 들어도 들어도 질리지 않는 재미와 마음속 깊은 곳을 울리는 감동을 선사해 주곤 했다. 그뿐 아니라 우리의 삶을 어떻게 꾸려 가야 하는지 곰곰이 생각해 보게 하는 지혜를 가르쳐 주었다. 말하자면 우리는 그 이야기들을 통해 '삶'을 배운 셈이다.

우리가 문학 작품을 읽어야 하는 까닭 또한 '삶을 배운다'는 점에서 크게 다르지 않다. 우리는 한 편 한 편의 문학 작품을 만나 사랑을 배우고, 우정을 배우고, 진실을 배우고, 지혜를 배운다.

그런 점에서 '푸른숲 징검다리 클래식'은 참 의미가 깊다. 오랜 세월을 거치며 각 나라의 문학사에 확고히 자리매김한 작품들을 한데 모았기 때문이다. 문학을 사랑하는 사람들이 즐겨 읽어 세계적인 명저로 일컬어지는 작품들……. 이를테면 우리 부모 세대, 아니 그 이전 세대부터 즐겨 읽었던 작품들로 많은 이들에게 삶의 의미와 가치를 일러주고, 또 '인생'이란 망망대해에서 등대 역할을 담당했던 것들이다.

세월이 흘러 사람들이 사는 모습도 달라지고 생각도 달라졌다. 그러나 시대와 장소를 뛰어넘어 변하지 않는 것이 있다. 바로 '삶' 이다. 사람이 있는 곳이라면 어디든지 존재하는 삶은 항상 저마다 의 무게를 떠안고 있다. 그 무게는 진실이라는 옷을 입고 문학 작품 속에 영원한 생명을 불어넣는다. 우리는 그것을 '고전'이라 부른다.

그러나 제아무리 훌륭한 고전이라 해도 독자가 읽고 소화할 수 없다면 아무런 소용이 없다. 지나치게 방대한 분량과 길고 어려운 문장은 책을 읽으려는 청소년들의 의지를 꺾을 뿐 아니라 좌절감 마저 불러일으킨다.

'푸른숲 징검다리 클래식'은 바로 그러한 점을 염두에 두고 기획 된 세계 명작 시리즈이다. 작품이 본디 지닌 맛과 재미를 고스란히 살리면서 우리 청소년들이 읽고 소화하기 쉽게 글을 다듬었다.

그리고 본문 뒤에는 현직 국어 교사들이 직접 쓴 해설을 붙였다. 작가나 작품에 대한 풍부한 설명은 물론, 그 작품들이 지니고 있는 현재적 의미까지 상세하게 짚어 보이고 있다. 아울러 해설 곳곳에 관련 정보를 담은 팁과 시각 자료를 배치해, 읽는 재미를 넘어 보는 재미까지 만끽할 수 있도록 했다.

아무쪼록 '푸른숲 징검다리 클래식'을 통해 우리 청소년들의 삶 이 더욱더 깊고 풍성해지기를…….

2006년 4월

기획위원 강혜원·계득성·전종옥

| 차례 |

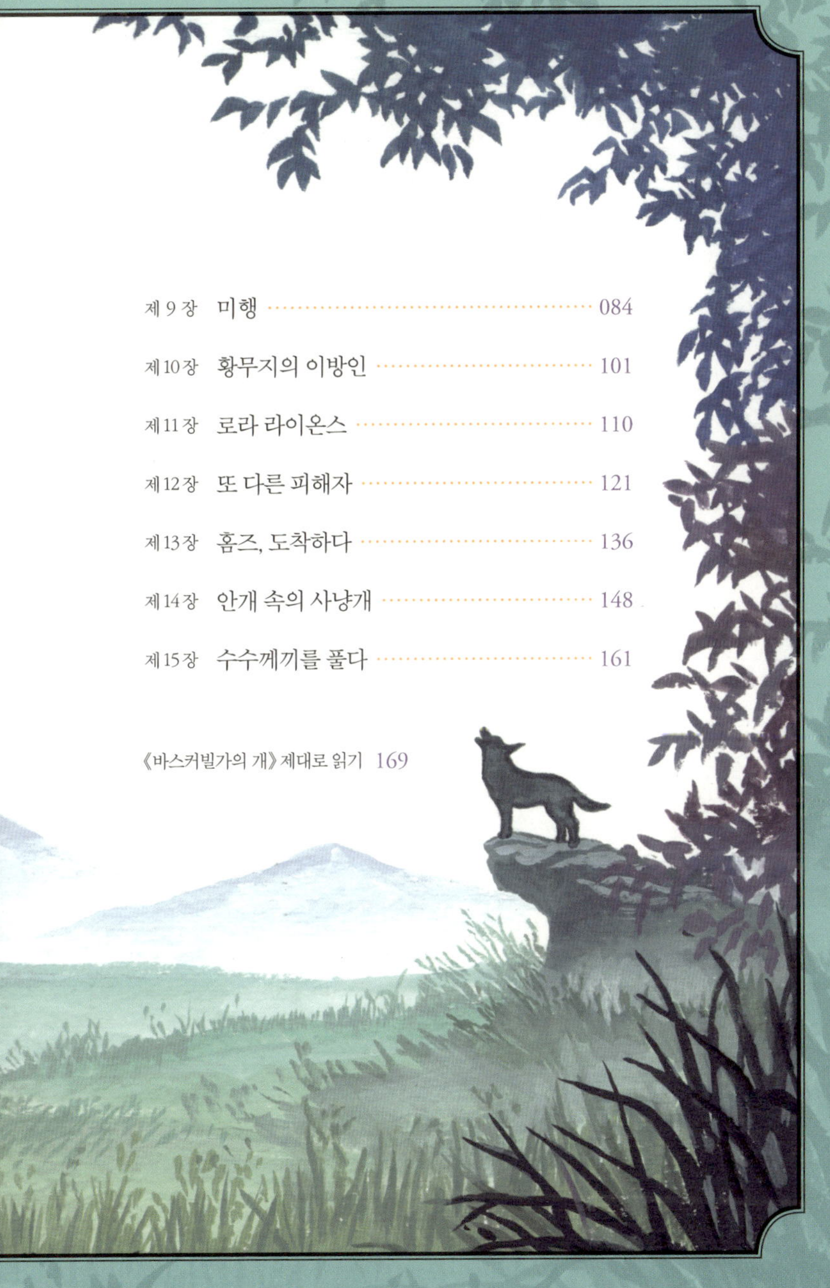

제 1 장

의사 모티머의 방문

셜록 홈즈는 밤을 꼬박 새우는 일이 잦기 때문에 특별한 날이 아니면 으레 늦잠을 자곤 했다. 그런데 오늘은 웬일인지 아침 일찍부터 식탁 앞에 앉아 있었다.

나는 벽난로 앞에 서서 주인을 잃고 서 있는 지팡이를 집어 들었다. 어제 저녁 우리가 외출한 사이, 이곳을 방문했다가 허탕을 치고 돌아간 손님이 잊고 간 것이었다.

지팡이는 질이 꽤 좋아 보였는데, 두툼한 손잡이 바로 밑에는 은테가 넓게 둘러져 있었다. 그 위에는 '왕립 외과 학회 회원 제임스 모티머에게, C. C. H. 친구들로부터'라는 문구와 함께 '1884'라는 연도가 새겨져 있었다. 나이 든 의사들이 흔히 들고 다니는 품위 있고 듬직한 지팡이였다.

"여보게 왓슨, 그 지팡이를 보고 뭘 좀 알아냈나?"

등을 돌리고 앉아 있던 홈즈가 불쑥 말을 꺼냈다.

"자넨 뒤통수에도 눈이 달렸나? 내가 지팡이를 들여다보고 있는 줄 어떻게 알았는가?"

"내 앞에 거울처럼 반짝이는 은주전자가 놓여 있다는 것만 말해 두지. 그건 그렇고 자네가 지금 손에 들고 있는 그 물건을 어떻게 생각하나? 그건 어제의 방문객을 추측해 볼 수 있는 중요한 단서라네."

"음, 글쎄……. 이런 감사의 선물을 받은 걸로 짐작해 보건대, 모티머 씨는 나이가 지긋하고 존경받는 의사가 아닐까?"

나는 친구의 말투를 흉내내며 말했다.

"땅에 부딪힌 흔적이 많은 걸로 봐서는 왕진이 잦은 시골 의사일 수도 있고."

"훌륭하군. 정말 대단해."

홈즈가 말했다.

"그리고 이 약자 말일세. 여기서 H는 Hunt(사냥)의 약자가 아닐까? 사냥 모임의 회원 중 누군가에게 도움을 주고 그 보답으로 받은 선물이라고 생각되는데……."

"왓슨, 정말 뛰어난 추리야. 자네는 자기 능력을 지나치게 과소평가하곤 하지. 난 자네가 해 준 조언 덕분에 그동안 몇몇 사건들을 훌륭하게 해결할 수 있었는데 말이야. 자네는 천재라기보다는 천재를 자극하는 사람이야. 나는 자네한테 많은 신세를 지고 있다네."

칭찬에 인색한 친구에게 이런 말을 듣자 나는 괜스레 우쭐해졌다. 그러나 홈즈는 내가 들고 있던 지팡이를 꼼꼼히 살피더니 이렇게 말했다.

"그런데 왓슨, 자네가 한 추리의 대부분은 틀린 것 같아. 자네가 나를 자극한다는 말은 자네의 실수가 진실을 찾는 데 도움이 된다는 의미였네. 지팡이 주인은 시골 의사가 분명하고, 많이 걸어 다닌다는 사실도 인정하겠네. 그렇지만 의사에게 선물을 준다면 사냥 모임보다는 병원일 가능성이 더 크지. C. C. H. 하면 차링 크로스 병원(Charing Cross Hospital)의 약자라는 사실이 바로 떠오르지 않나? 다시 말해서, 이 지팡이는 도시 병원에서 일하다가 시골에 자신의 병원을 개업했을 때 받은 선물이라고 짐작할 수 있지."

"그럴듯하군그래."

"이런 감사의 선물을 받은 사람이라면 틀림없이 좋은 성품을 지녔을 거야. 또 시골 의사가 되기 위해서 런던에 있는 병원을 그만둘 정도라면 상당히 소박한 성격일 테고. 그렇지만 지팡이를 잊고 간 걸 보면 좀 칠칠치 못할 수도 있네."

홈즈는 담배 연기를 내뿜으며 말을 이었다.

"자네는 그의 나이가 지긋할 거라고 했지. 그렇다면 정교수쯤 되는 지위에 올라 있지 않겠나? 그 정도 위치에 있는 사람이 런던을 떠나지는 않을 걸세. 모티머 씨는 내과나 외과의 레지던트 정도가 아닐까? 자, 정리해 보자면 성품이 온화하고 욕심이 별로 없으나 약간 덜렁대는 성격의 삼십대 젊은이가 등장하지. 굳이 한 가지 덧붙이자면, 그에게는 개가 한 마리 있다네."

"개?"

"지팡이의 아랫부분을 보게. 이빨 자국이 선명하지? 그 개는 지팡이를 물고 주인을 따라다니는 습관이 있는 게 분명해. 이빨 자국이 난 간격으로 짐작해 볼 때, 테리어보다는 조금 크고 마스티프보다는 조금 작은 개 같군. 아마도 스패니얼이 아닐까 싶네만."

홈즈는 확신에 찬 어조로 말했다.

"어떻게 그렇듯 자신만만한 거지?"

내가 의아하다는 듯이 묻자, 홈즈는 내 뒤쪽의 창 너머로 눈길을 던지며 대답했다.

"지금 우리 집 현관 앞에 그 개의 주인으로 보이는 인물이 초인종을 누르려 하고 있기 때문이지. 자, 왓슨, 운명의 순간이야. 지금 우리를 향해 걸어 올라오는 저 발자국의 정체가 과연 선일까 악일까? 제임스 모티머 선생이 셜록 홈즈에게 과연 어떤 부탁을 하러 오는지 궁금하군."

홈즈가 여기까지 말했을 때 갑자기 방문이 열렸다.

"어서 들어오십시오!"

전형적인 시골 개업의의 모습을 상상하고 있던 나는 방문객의 외모를 보고 깜짝 놀랐다. 그는 키가 크고 마른 몸매를 하고 있었다. 안경 너머로는 잿빛 눈동자가 날카롭게 빛나고 있었고, 두 눈 사이에 자리잡은 코는 새의 부리처럼 우뚝 솟아 있었다. 젊은 나이인데도 벌써 등이 약간 굽어 있는 데다, 근시 때문인지 얼굴을 앞으로 내밀고 걷는 버릇이 있었다. 하지만 사람은 좋아 보였다.

그는 방 안으로 들어오면서, 홈즈가 들고 있던 지팡이를 발견하고 반갑게 말했다.

"아, 정말 다행이군요. 여기에다 두고 갔는지 확신이 없었거든요. 잃어버리면 안 되는 지팡이라서요."

"선물받으신 건가 보군요."

홈즈가 말했다.

"예, 그렇습니다."

"C. C. H.는 차링 크로스 병원의 약자겠죠?"

"그렇습니다. 결혼할 때 그 병원에서 함께 일하던 친구들이 선물해 준 겁니다."

"이런, 그것 참 유감이군요. 우리의 추리가 빗나갔네요. 지팡이를 받은 게 결혼식 때였나요?"

"네, 결혼하자마자 고향에 병원을 개업하느라 그곳을 떠났지요. 그때 받은 겁니다."

"그럼 우리가 했던 추리가 어느 정도는 맞았군요."

홈즈가 말했다.

"그런데 실례지만 나하고 지금 얘기를 나누시는 분이 셜록 홈즈 탐정이 맞으신가요?"

"그렇습니다. 여기 이 친구는 왓슨입니다."

"만나 뵙게 되어서 반갑습니다. 그런데 홈즈 탐정, 정말 신기하군요. 지금까지 이렇게 길고 잘 발달한 두개골은 본 적이 없습니다. 혹시라도 내 말에 기분이 상하진 않으셨겠지요? 솔직히 말씀드리면 당신의 두상은 굉장히 흥미롭습니다."

"모티머 선생, 그렇다고 해도 내 두개골을 관찰하기 위해서 어제 저녁에 나를 만나러 오신 건 아니겠지요? 게다가 오늘 또 찾아오신 걸 보면."

"물론 그건 아니지요. 홈즈 탐정의 두개골을 관찰할 기회를 갖게 되어서 행복하긴 합니다만, 내가 당신을 찾아온 것은 나 자신이 세상 돌아가는 이치에 그리 밝은 편이 못 되는 데다가 너무나 심각한 문제에 부딪혔기 때문입니다."

제 2 장

바스커빌가의 전설

모티머가 계속해서 말했다.

"지금 내 주머니에는 서류 한 통이 들어 있습니다. 이 서류는 찰스 바스커빌 경이 맡긴 것이지요. 찰스 경은 3개월 전에 갑작스럽게 돌아가셨는데, 그 일로 데번 지방이 몹시 술렁이고 있습니다. 찰스 경은 이 서류에 담긴 내용을 아주 심각하게 받아들이셨답니다. 그 때문에 엄청난 고통을 받다가 결국 죽음을 맞은 게 아닌가 싶습니다."

홈즈는 서류를 건네받았다. 어깨 너머로 건너다보니 누렇게 바랜 종이 위에 쓴 지 꽤 오래되어 보이는 글씨가 흐릿하게 번져 있었다. 맨 위에는 '바스커빌 저택'이라고 적혀 있었고, 그 아래에는 '1742'라는 연도가 크게 휘갈겨져 있었다.

"뭔가에 대한 진술서 같군요."

"그렇습니다. 바스커빌 가문에서는 널리 알려진 사건이랍니다. 괜찮으시다면 읽어 드리지요."

모티머는 서류를 불빛 아래로 가져가서 읽기 시작했다.

바스커빌가에 전해져 오는 개의 유래에 대해 여러 이야기들이 떠돌고 있다. 나는 휴고 바스커빌 경의 직계 후손으로서 이 이야기를 내 부친에게 들었고, 내 부친은 또 당신의 부친으로부터 들었다. 그렇기 때문에 이제부터 여기에 써 내려갈 이야기가 실제 사건 그대로라는 것을 나는 자신 있게 말할 수 있다.

내가 이 이야기를 들려주는 까닭은, 이를 통해 과거의 잘못으로 빚어진 결과를 두려워하라는 것이 아니다. 오로지 미래에 일어날 일을 경계하라는 뜻이다. 그리하여 지난날 극심한 고통을 받아 온 우리 가문이 다시는 그런 일을 되풀이하지 않도록 하려는 것이다.

1650년경 당시 바스커빌 저택은 휴고 바스커빌 경의 소유였다. 그는 매우 난폭하고 잔인한 사람이었다. 어느 날 우연히 저택 근처에서 조그만 땅을 부치고 사는 가난한 농부의 딸을 보고는 첫눈에 반하고 말았다. 그러나 행실이 바른 그 처녀는 그의 악명을 이미 알고 있던 터라 일부러 피해 다니곤 했다.

며칠 후, 처녀의 아버지와 오빠들이 집을 비웠을 때였다. 휴고는 성질 고약한 건달들 대여섯 명을 데리고 농가로 몰래 숨어 들어가 처녀를 납치했다. 그 처녀를 저택으로 데려와 위층에 가두고 나서, 자신들은 아래층에서 평소대로 술을 마시며 놀기 시작했다.

위층에 갇혀 있던 가엾은 처녀는 아래층에서 들려오는 노랫소리와 고함 소리, 욕설 따위가 너무나 무서워서 정신이 나갈 지경이었다. 그리하여 공포에 질린 나머지, 대담한 남자도 두려워서 감히 용기를 내지 못할 일을 저질렀다. 벽을 빽빽이 덮고 있던 담쟁이덩굴을 타고 땅으로 내려온 것이었다. 그러고는 황무지 너머로 십사 킬로미터나 떨어져 있는 집을 향해 힘껏 달려갔다.

얼마 후 위층으로 올라간 휴고는 자신이 가둔 새가 날아가 버려 새장이 텅 비어 있는 것을 알게 되었다. 그는 인간의 탈을 쓴 악마처럼 날뛰었다. 한달음에 식당으로 내려가서는, 커다란 식탁 위로 뛰어 올라가 컵과 접시들을 모조리 쓸어내리며 난동을 부렸다. 그리고 그 날 밤 그 계집을 잡을 수만 있다면 자신의 영혼과 육신을 모두 악마에게 팔아넘기겠다며 고래고래 소리를 질러 댔다.

그러더니 밖으로 달려 나가 하인들에게 말을 대령하고 사냥개들을 풀어 놓으라고 명령했다. 그는 개들에게 처녀의 손수건 냄새를 맡게 한 다음 안장 위에 올라탔다. 그러고는 고함을 지르며 사냥개들의 뒤를 따라 전속력으로 달빛 속을 내달렸다.

술에 취한 건달들은 휴고가 날뛰는 모습을 보고 한동안 얼이 빠져서 멍하니 서 있었다. 하지만 이내 황무지에서 어떤 일이 벌어지게 될지 깨달았다. 순간 모든 것이 혼란스러워지기 시작했다. 총을 가져오라고 하는 자, 자신의 말을 대령시키라고 하는 자, 술을 더 가져오라고 하는 자 등 모두가 제멋대로 고함을 질러 대기에 바빴다. 그러다 결국은 함께 술을 마시고 있던 열세 명 모두 말을 끌고 나와 휴고와 사냥개들의 뒤를 쫓아갔다.

이 킬로미터 정도 달렸을까. 밤에 황무지에서 양을 돌보는 양치기 한 사람이 그들 옆을 지나갔다. 그들은 양치기를 불러 세워서 사냥개들을 봤는지 물었다. 양치기는 공포에 질려서 말도 제대로 못하다가, 결국 사냥개에게 쫓기는 불쌍한 처녀를 보았다고 대답했다.

양치기는 겁에 질린 목소리로 덧붙여 말했다.

"제가 본 것은 그것뿐만이 아닙니다. 휴고 바스커빌 나리가 검은 말을 타고 제 옆을 지나갔습죠. 그리고 엄청나게 덩치가 크고 악마 같이 새까만 개 한 마리가 그 어른의 뒤를 쫓고 있었습니다. 아이고, 하느님, 제발 저는 그런 개에게 쫓기는 일이 없게 해 주십시오."

술에 취한 건달들은 양치기에게 욕을 퍼붓고는 계속해서 말을 몰았다. 그러나 그들은 곧 공포로 얼어붙고 말았다. 말 한 마리가 황무지를 가로질러 쏜살같이 그들 쪽으로 달려오고 있었던 것이다. 바로 휴고가 타고 나갔던 검정말이었다. 말은 입에 하얀 거품을 문 채 텅 빈 안장을 질질 끌면서 지나갔다. 그걸 본 취객들은 겁이 나서 자기들끼리 한데 모여서 말을 몰았다.

드디어 휴고의 사냥개들이 나타났다. 용감무쌍하기로 소문난 그

개들이 깊은 협곡 옆에 무리를 지어 멈춰 서 있었다. 낑낑거리는 모습을 보니 겁에 질린 빛이 역력했다. 가장 용감한, 아니 가장 많이 마셔서 아직 술이 덜 깬 세 명이 앞으로 나아갔다.

달빛이 환하게 비치는 협곡 중앙에 가엾은 처녀가 쓰러져 있었다. 공포와 두려움에 지쳐 숨을 거둔 것 같았다. 하지만 이 양심 없는 무리를 놀라게 했던 것은 처녀의 시체가 아니었다.

그건 바로 휴고의 목덜미를 물어뜯고 있던 끔찍스런 존재였다. 사냥개처럼 생겼으나 도저히 개라고 할 수 없는, 검은색의 거대한 짐승이었다. 이렇게 거대한 짐승은 이제껏 아무도 본 적이 없었다.

사람들이 겁먹은 얼굴로 지켜보고 있는 사이, 괴물과도 같은 이 짐승이 휴고의 목을 갈기갈기 찢어 놓았다. 그러고 나서 불꽃이 이글거리는 눈과 피로 범벅이 된 턱을 돌려 사람들을 쳐다보았다. 앞서 나갔던 세 명은 두려움으로 비명을 지르며 있는 힘을 다해 말을 달려 황무지를 건넜다. 그중 한 사람은 그날 밤에 죽었고, 나머지 두 사람은 정신이 나가고 말았다.

바스커빌의 후손들이여, 이것이 지금까지 우리 가문을 괴롭혀 온 사냥개에 관한 이야기다. 그 후로 우리 가문의 수많은 사람들이 까닭도 모른 채 잔혹하고 불행한 죽음을 당했다.

후손들이여, 신에게 의지하라. 그리고 악마의 세력이 지배하는 어두운 시간에는 결코 황무지를 건너지 말 것을 당부하노라.

이 기이한 전설을 다 읽고 난 후, 모티머는 홈즈의 얼굴을 바라보았다.

"전설을 수집하는 사람이라면 꽤 흥미로워할 내용이군요."

홈즈는 약간 따분해 하는 표정으로 말했다.

"홈즈 탐정, 이번에는 좀더 최근에 일어난 일을 읽어 드리지요. 이것은 올해 5월 14일자 데번 지역 신문입니다. 이 날짜보다 며칠 앞서 일어났던 찰스 경의 죽음에 관해 짤막하게 다루고 있지요."

최근에 일어난 찰스 바스커빌 경의 갑작스런 죽음으로 데번 지역은 비탄에 잠겼다. 찰스 경은 바스커빌 저택에 살았던 기간이 상당히 짧기는 했지만, 다정하고 자비로운 성품 때문에 많은 이들의 존경을 받았다.

잘 알려져 있듯이, 찰스 경은 남아프리카에서 사업을 벌여 많은 돈을 벌었다. 그는 자식이 없기 때문에 자신의 재산을 이 지역 전체를 발전시키는 데 쓰겠다고 공공연하게 선언했었다. 가난하고 불쌍한 사람들을 돕기 위해 아낌없이 자선을 베풀었던 찰스 경의 선행은 그 전에도 종종 본지에 보도되곤 했다.

경찰 조사에서는 찰스 경의 죽음에 관한 의문이 명확하게 밝혀지지 않았다. 그렇지만 적어도 이 지역에 전해 내려오던 전설과 관련한 무성한 소문에 종지부를 찍기에는 충분했다. 사인이 자연사로 밝혀졌기 때문이다.

찰스 경은 상당한 재산을 가지고 있었음에도 불구하고 무척 소박한 생활을 했다. 하인은 배리모어 부부뿐이었다. 이들의 진술에 따르면, 찰스 경은 심장 질환 때문에 한동안 건강이 좋지 않았다고 한다. 안색이 자주 변했을 뿐 아니라 호흡 곤란 증세를 일으키기도 했다는 것이다. 그의 친구이자 주치의였던 제임스 모티머도 같은 말을 했다.

사건은 단순했다. 찰스 경은 잠자리에 들기 전 주목나무 오솔길을 산책하는 습관이 있었다. 그는 산책을 하는 동안 시가를 즐겨 피우곤 했다. 이튿날 런던으로의 여행이 예정돼 있었던 5월 4일 밤에도 여느 때처럼 산책을 나갔다. 그런데 그 길로 영영 돌아오지 않았나. 사정 무렵 현관문이 열려 있는 것을 발견하고 불안해진 배리모어가 등불을 들고 주인을 찾아 나섰다.

그날은 비가 왔기 때문에 주목나무 오솔길에 나 있는 찰스 경의 발자국을 쉽게 따라갈 수 있었다. 오솔길의 중간쯤에는 황무지로 통하는 쪽문이 하나 있었는데, 찰스 경이 그 문 앞에서 잠시 서성거린 흔적이 있었다. 그 뒤에는 계속 오솔길을 따라 내려간 발자국이 보였다. 그런데 그 문을 지나면서부터는 찰스 경의 발자국이 마치 발끝으로만 걸어간 것처럼 찍혀 있었다고 배리모어는 진술했다. 이 부분이 아직 명확하게 밝혀지지 않은 대목이다.

찰스 경의 시신은 오솔길이 거의 끝나는 지점에서 발견되었다.

시신에는 폭행의 흔적이 전혀 없었다. 다만 얼굴 표정이 끔찍하게 일그러져 있었다고 하였다. 너무 심하게 뒤틀려 있어서 의사이자 친구인 모티머조차도 그의 얼굴을 한눈에 알아보지 못했을 정도라는 것이었다. 하지만 심장 질환으로 죽을 경우, 이는 그리 이상한 일이 아니라고 하였다. 따라서 배심원들은 이를 바탕으로 자연사라고 판결을 내렸다.

한 가지 다행스러운 점은 배심원들의 이러한 판결이 사람들의 입에 오르내리는 비현실적인 소문에 종지부를 찍게 했다는 것이다. 만약 그 전설이 사실이었다면 바스커빌 저택에 들어올 후계자를 찾는 일이 몹시 어려웠을 터였다. 바스커빌가의 후손이 저택에 정착해서 찰스 경의 선행을 이어 가는 것은 아주 중요한 문제이기 때문이다.

찰스 경과 가장 가까운 친척은 남동생의 아들인 헨리 바스커빌로 알려졌는데 이 청년은 현재 아메리카 대륙에 머물고 있다고 한다. 이 일로 헨리 바스커빌은 막대한 유산을 상속받게 되었으며, 지금은 그에게 이러한 사실을 전하기 위한 탐문이 진행 중이다.

모티머는 신문을 접어 주머니에 넣으며 말했다.

"이것이 찰스 경의 죽음에 대해 언론에 공개된 사실의 전부입니다."

"이 기사가 공개된 사실의 전부라면 이제 공개되지 않은 사실들을 알려 주시지요."

홈즈가 말했다.

"좋습니다. 이제부터는 지금까지 아무에게도 말하지 않았던 사실을 말씀드리지요. 황무지에는 주민이 거의 없습니다. 친구를 사귈 기회가 많지 않지요. 이런 이유로 나 역시 찰스 경과 자주 만나곤 했습니다. 생물학자인 스태플턴 씨를 제외하고는 그 주변에 교육을 받은 사람이 전혀 없거든요.

찰스 경과 나는 아프리카에 있는 다양한 부족들의 신체적 특징에 관해 이야기를 나누며 즐거운 저녁 식사 시간을 갖곤 했지요. 찰스 경이 걱정이 매우 많은 사람이라는 사실을 알게 된 것은 불과 몇 달이 안 됩니다. 그는 방금 내가 읽은 이야기를 대단히 심각하게 받아들였답니다.

그래서 자기 소유의 땅임에도 불구하고 밤에는 절대 황무지에 나가지 않았지요. 그는 자기 가문에 내린 끔찍한 저주를 절대적으로 믿고 있었으니까요. 자기 곁에 항상 악령이 머문다고 생각했던 것이지요."

모티머는 약간 긴장된 목소리로 말을 이어 갔다.

"사건이 일어나기 삼 주 전쯤에 이상한 일이 있었습니다. 그날도 나는 찰스 경의 집에 놀러 갔답니다. 그 집에 도착해 마차에서 내리는 순간, 현관 앞으로 우리를 마중 나와 있던 찰스 경의 눈이 내 어깨 너머 황무지에 고정되어 있는 것을 보았습니다. 그 눈은 겁에 잔뜩 질린 채 작은 떨림조차 없이 경직돼 있었지요. 찰스 경의 눈길을 따라 고개를 돌리자, 커다란 검은색의 물체가 길 끝으로 돌아서는 것이 언뜻 보이더군요. 찰스 경은 공포에 질려서 굉장히 흥분한 상태였어요.

아마도 그 일이 그에게 큰 영향을 끼친 것 같았습니다. 그날 나에게 전설과 관련된 이야기를 들려준 뒤 이 서류를 맡겼으니까요. 찰스 경이 너무나 불안해 하기에 런던으로 가는 것이 어떻겠느냐고 조언했습니다. 그는 심장이 좋지 않아서 흥분이 가라앉지 않으면 건강에 심각한 영향을 미치기 때문이지요. 런던에서 몇 달가량 즐겁게 지내다 보면 기분이 달라질 거라고 생각했어요. 우리와 절친한 친구 사이인 스태플턴 씨도 같은 생각이었고요. 그런데 이런 끔찍한 사건이 일어나고 만 겁니다.

찰스 경이 죽은 날 밤, 나는 배리모어에게서 소식을 전해 듣자마자 한 시간도 채 안 되어서 바스커빌 저택에 도착했습니다. 곧바로 주목나무 오솔길에 찍혀 있는 찰스 경의 발자국을 따라가 보았지요. 황무지로 통하는 쪽문 앞에서 누군가를 기다리고 있었던 것 같더군요. 실제로 그 지점부터 발자국 모양이 달라져 있는 것을 확인했습니다.

오솔길을 살펴보고 난 뒤에는 찰스 경의 시신을 꼼꼼히 검사했습니다. 내가 도착할 때까지 손을 댄 사람이 아무도 없었지요. 찰스 경은 엎드린 채 쓰러져 있었습니다. 양팔을 활짝 벌리고 있었는데, 손가락으로 땅을 후벼 파 놓았더군요. 얼굴이 너무나 심하게 일그러져 있어서 알아볼 수가 없을 정도였습니다.

그런데 배리모어가 경찰 심문에서 사실과 다른 진술을 했어요. 시신 주변에 아무런 흔적도 없었다고 했거든요. 그는 아무것도 보지 못했다고 했지만 난 분명히 봤습니다. 시신에서 약간 떨어진 곳에 있긴 했지만, 너무나 선명하고 생생한 그것을요!"

"발자국이었나요?"

"네, 발자국이었습니다."

"남자 발자국이었습니까, 여자 발자국이었습니까?"

모티머는 묘한 표정으로 잠시 우리를 바라보다가 가라앉은 목소리로 속삭이듯이 대답했다.

"홈즈 탐정, 그것은 거대한 개 발자국이었어요!"

제 3 장

발자국이 말하는 것

모티머의 목소리는 떨리고 있었다. 자신도 우리에게 들려준 이야기에 깊이 동요하고 있는 것 같았다. 홈즈는 흥분해서 몸을 앞으로 내밀었다. 몹시 흥미를 느낄 때에 그러하듯 두 눈이 날카롭게 빛나고 있었다.

"다른 사람들은 그 발자국을 왜 보지 못했을까요?"

"발자국은 시신에서 이 미터 정도 떨어진 곳에 찍혀 있었거든요. 그러니까 아무도 신경 쓰지 않았던 거지요. 나는 이 이야기에 대해 알고 있었기 때문에……. 몰랐다면 나도 눈여겨보지 않았을 겁니다."

"그날 밤 날씨는 어땠습니까?"

"비가 조금씩 뿌리고 있어서 약간 쌀쌀했지요."

"오솔길은 어떻게 생겼습니까?"

"길 양쪽으로 주목나무가 빽빽이 심어져 있어요. 그 가운데에 폭이 약 삼 미터가량 되는 길이 나 있고요."

"그 길에 문이 있습니까?"

"예, 황무지로 통하는 쪽문이 있습니다."

"그 밖에 뚫려 있는 곳은요?"

"없습니다."

"주목나무 오솔길로 들어가려면 집에서 내려가거나, 황무지 쪽에서 쪽문을 통해 들어오는 방법밖에 없다는 말씀인가요?"

"오솔길이 끝나는 지점에 여름 별장이 있는데, 그쪽에서 들어오는 길이 하나 있습니다."

"찰스 경이 그 별장까지 갔습니까?"

"아뇨, 별장에서 사십오 미터가량 떨어진 곳에 쓰러져 있었습니다."

"그렇다면 모티머 선생, 이건 중요한 일입니다. 쪽문 옆에 무슨 흔적이 있던가요?"

"아뇨, 아무것도 없었습니다. 찰스 경이 그곳에서 오 분에서 십 분 정도 서 있었다는 사실을 알 수 있었던 것 말고는요."

"그건 어떻게 아셨지요?"

"그가 즐겨 피우던 담배의 재가 떨어져 있었거든요."

“아주 훌륭해요! 그렇다면 발자국은 없었습니까?”

“발자국이 어지럽게 나 있었어요. 오솔길 전체에 찰스 경의 발자국이 남아 있었어요. 다른 발자국은 못 봤습니다.”

홈즈는 손으로 무릎을 내리치며 소리쳤다.

“아! 내가 거기 있었어야 하는 건데! 이건 과학적으로 처리해야 하는 아주 흥미로운 사건이오. 아, 모티머 선생, 왜 진작 날 찾아오지 않았소? 그랬으면 그 오솔길에서 더 많은 증거를 찾았을 텐데 말이오. 시간이 지나서 이제 다 사라졌을 겁니다.”

“홈즈 탐정, 나는 이 사건이 세상에 알려질까 봐 도움을 청할 수가 없었습니다. 그리고 아무리 영리하고 경험이 많은 과학자라 해도 전혀 손을 쓸 수 없는 문제들이 있습니다.”

“그럼 이 사건이 미신이나 초자연적 현상과 관련이 있다는 말입니까?”

“꼭 그렇게 확신하는 것은 아닙니다만, 찰스 경이 사망하고 나서 이상한 소문이 들리더군요. 이 끔찍한 사건이 일어나기 전에도 많은 사람들이 황무지에서 바스커빌가의 전설에 등장하는 그 괴물 같은 짐승을 봤다는 겁니다. 목격한 사람들에게 물어보니, 모두가 한목소리로 그것은 거대하고 무시무시하며 입에서 불을 내뿜는다고 했어요. 어쩌면 과학적으로는 전혀 알려지지 않은 짐승일 수도 있지요.

그들은 모두 이성적인 사람들이에요. 그런데도 그 흉악한 짐승에 관해 똑같은 말을 하더란 말입니다. 바로 바스커빌가의 전설에 나오는 것과 똑같은 개라는 거죠. 온 마을이 공포에 휩싸였습니다. 이제 여간한 강심장이 아니고는 밤에 황무지 근처에는 얼씬도 않죠."

"과학을 공부하신 선생께서도 이 일이 초자연적인 사건이라고 생각하시는 겁니까?"

"어느 정도는요. 전설 속의 사냥개 역시 사람의 목을 흉악하게 찢어발기는 진짜 존재하는 개였으니까요."

"보아하니 선생은 그 전설을 상당히 믿고 계시는 것 같군요. 이번 사건이 그 전설 때문에 일어난 일이라고 믿으면서 왜 날 찾아와서 도와 달라고 하는 겁니까?"

"사선을 해결해 달라고 부탁하는 것이 아니라, 나는 단지 헨리 바스커빌 경이 앞으로 어떻게 행동해야 좋을지 조언을 구하고 싶을 뿐입니다. 그는 정확히 한 시간 십오 분 후에 런던에 도착할 예정입니다."

모티머는 차고 있는 손목시계를 들여다보며 말했다.

"그가 바스커빌 가문의 상속인인가요?"

"그렇습니다. 수소문 끝에 캐나다에서 일하고 있다는 사실을 알아냈지요."

"상속인이라고 주장한 사람이 아무도 없었나 보군요."

"예, 없었습니다. 유일한 친척이라고는 찰스 경의 세 형제 중

막내인 로저 바스커빌이라는 사람뿐인데 전혀 알려진 바가 없어요. 찰스 경이 맏이였고, 둘째는 젊어서 돌아가셨는데 바로 헨리 경의 아버지지요.

그중 막내인 로저 바스커빌 경은 집안의 골칫거리였다고 하더군요. 바스커빌 가문의 조상들 성격을 그대로 물려받았대요. 들리는 말로는 가족 사진 속 휴고 경의 모습을 쏙 빼닮았다고 합니다. 로저 경은 영국을 떠나 중미로 도망가다가 1876년 황열(바이러스 때문에 발생하는 열대성 전염병으로, 사망률이 높음—옮긴이)로 사망했습니다. 그 바람에 헨리 경이 바스커빌 가문의 마지막 핏줄이 되었지요. 잠시 후 워털루 역에서 그를 만나기로 했습니다. 홈즈 탐정, 이제 어떻게 해야 할지 조언을 좀 해 주십시오.”

“조상 대대로 살던 바스커빌 저택으로는 왜 가지 않으려는 거죠? 다트무어에 바스커빌 가문의 사람들을 위협하는 사악한 기운이라도 있단 말입니까? 당신 생각도 그런가요?”

“글쎄, 그럴 수도 있지요. 물론 곧장 바스커빌 저택이 있는 다트무어로 가는 게 옳은 일입니다. 그런데 만약 찰스 경이 나와 얘기를 나눌 수 있다면, 가문의 마지막 자손을 그 위험한 곳으로 데려가지 말라고 하지 않을까요? 사실 가난하디가난한 그 지역의 운명은 바스커빌 가문에 달려 있다고 해도 과언이 아닙니다. 바스커빌 저택에 아무도 살지 않는다면, 그동안 찰스 경이

해 오던 훌륭한 일들이 모두 물거품이 되어 버릴 것입니다. 이도 저도 할 수가 없어서 결국 홈즈 탐정께 조언을 구하러 온 것입니다."

"그렇군요. 선생의 생각이 맞다고 하더라도 그 사악한 존재는 런던에 있건 다트무어에 있건 그 어디에서라도 젊은 상속인을 해칠 수 있을 것이오. 특정 지역에서만 힘을 발휘하는 악령이 있다는 얘기는 금시초문이니까. 자, 어서 택시를 타고 워털루 역으로 가서 헨리 바스커빌 경을 만나시오. 그리고 내가 어떤 결정을 내리기 전까지는 그에게 아무 말도 하지 말아요. 내일 열 시에 다시 오시겠소? 그때 헨리 경도 데리고 오시오."

"그렇게 하지요, 홈즈 탐정."

모티미는 서둘러 방을 나갔다.

이윽고 홈즈는 자리에 앉았다. 말은 하지 않았지만 뭔가 만족스러운 듯 흐뭇한 표정이었다. 사건이 자신의 마음에 든다는 의미였다.

"왓슨, 자네 외출할 건가? 브래들리 상점을 지나갈 때 제일 독한 담배로 오백 그램만 보내 달라고 말해 주게. 그리고 저녁 전까지는 돌아오지 않아도 돼. 이 흥미로운 사건을 깊이 생각해 보고 싶거든."

나는 홈즈가 생각에 잠길 때면 혼자 있어야 한다는 사실을 알고 있었다. 영리한 내 친구는 조용한 가운데서 여러 가지 가설을 비교해 보고, 가장 중요한 일과 당장 해야 할 일이 무엇인지 골똘히 생각할 것이다.

나는 클럽에서 하루 종일 시간을 때우고 저녁이 되어서야 베이커가로 돌아왔다. 방에 들어섰을 때, 방 안은 온통 담배 연기로 가득차서 불이 난 게 아닌지 착각이 일 정도였다. 나는 연기 때문에 연방 기침을 해 댔다.

"왓슨, 창문을 열게. 하루 종일 클럽에 있다 왔구먼."

"그랬지. 그런데 그걸 어떻게……?"

그는 놀라워하는 내 표정을 보더니 갑자기 웃음을 터뜨렸다.

"왓슨, 자네에게는 꽤 순진한 구석이 있다네. 그래서 자네를 놀리는 재미가 쏠쏠하지. 비가 와서 땅이 질척이는 날 외출했다가 저녁에 돌아온 신사의 모자와 구두가 깨끗하고 윤이 난다? 그렇다면 그 신사는 하루 종일 실내에 있었다는 말이지. 이만하면 명백하지 않은가?"

"그렇군, 상당히 명백하군."

"이 세상은 명백한 일들로 가득하다네. 아무도 눈치를 채지 못할 뿐이지. 자네가 나간 후, 나는 사람을 시켜 황무지의 특정 부분을 확대한 지도를 사 오게 했네. 여기, 가운데 있는 것이 바스커빌 저택이지. 작은 건물들이 모여 있는 이곳은 그림펜 마을이고. 모티머 선생이 살고 있는 곳이야. 보다시피 저택에서 팔 킬로미터 이내에는 집이 거의 없어. 여기 보이는 이 집은 아마도 생물학자 스태플턴의 집일 걸세. 여기 작은 농장 두 곳이 있고, 이십삼 킬로미터가량 떨어진 프린스 마을에 큰 감옥이 있네. 그리고 사방이 텅 빈 황무지지."

"아주 황량한 곳이겠군."

"완벽한 곳이지. 정말로 악마가 인간의 일에 끼어들고자 한다면 말일세. 물론 모티머 선생의 생각이 옳고, 우리가 일반적인 자연의 법칙을 벗어난 문제를 다루는 거라면 이것으로 우리의 조사는 끝나겠지. 하지만 우리는 가능한 한 모든 진술을 조사해야 하네. 자네, 이 사건에 대해 생각해 봤나? 예를 들어 발자국 모양이 바뀐 것 말일세. 자네 생각은 어떤가?"

"배리모어의 말로는 찰스 경이 어떤 지점에서부터 발꿈치를 들고 걸었디고 했지."

"주목나무 오솔길을 왜 발꿈치를 들고 걷겠나? 그는 달려가고 있었던 거야. 목숨을 걸고 있는 힘을 다해서. 결국 심장이 터져서 얼굴을 박고 쓰러질 때까지 말일세."

"무엇 때문에 그렇게 달렸단 말인가?"

"그게 우리가 풀어야 할 문제지. 나는 찰스 경이 그렇게 죽을 힘을 다해 달리기 직전에 공포에 질려 있었다고 생각되네."

"그걸 어떻게 아나?"

"그를 위협한 공포의 원인이 황무지 쪽에서 나타난 것 같아. 만약 찰스 경이 제정신이었다면, 집의 반대쪽으로 달려가지는 않았겠지. 그는 도움을 받을 가능성이 거의 없는 방향으로 달려 갔단 말일세. 공포에 질려 제정신이 아니었던 게 분명해. 그날 밤 그는 누구를 기다리고 있었을까? 왜 자기 집이 아니라 주목 나무 오솔길에서 기다리고 있었던 걸까? 나이도 많은 데다 건강 도 좋지 않았는데 말이지. 게다가 비까지 오는 쌀쌀한 날씨였는 데. 모티머 선생은 찰스 경이 떨어뜨린 재를 보고 오 분에서 십 분가량 그가 그곳에 서 있었다고 유추했지. 그런데 그것이 제정 신인 사람이 할 만한 행동일까?”

홈즈의 설명을 듣고 나는 고개를 갸웃거리며 물었다.

“하지만 그는 매일 저녁 산책을 나갔다고 하지 않았나?”

“나는 그가 황무지로 나가는 쪽문에서 매일 저녁 누군가를 기 다렸을 거라고 생각하지 않네. 우리가 들은 바로는 그가 황무 지를 피해 다녔다고 하지 않았나? 그런데 그날 밤 그는 그곳에 서 누군가를 기다렸단 말이야. 그날은 런던으로 떠나기 바로 전 날 밤이었지. 이제 사건의 윤곽이 눈에 들어오기 시작하는군. 왓 슨! 내 바이올린 좀 건네주게나. 이 문제에 대해서는 내일 아침 모티머 선생과 헨리 경을 만나기 전까지 더 이상 생각하지 않는 게 좋겠어.”

제 4 장
헨리 경에게 온 편지

다음 날 우리는 아침 일찍 식사를 끝냈다. 홈즈는 실내복 차림으로 방문객을 기다렸다.

열 시가 되자 방문객들이 나타났다. 모티머를 따라 들어온 사람은 작지만 열정적으로 보이는 검은 눈을 가지고 있었다. 나이는 서른 살쯤 되어 보였는데, 매우 건장한 체격의 소유자였다. 머리카락은 검고 굵었으며, 햇볕에 검게 그을은 얼굴로 봐서는 밖에서 보내는 시간이 많은 것 같았다. 그는 붉은빛이 도는 갈색 정장 차림이었다.

"이분이 헨리 바스커빌 경입니다."

모티머가 청년을 소개했다.

"헨리 바스커빌입니다."

헨리 경이 말했다.

"홈즈 탐정, 이 친구가 오늘 아침 당신을 만나러 오자고 하지 않았더라도 나는 꼭 이곳에 오려고 했습니다. 탐정께서 수수께끼를 해결해 준다고 들었는데, 내 힘으로는 풀 수 없는 수수께끼가 생겼거든요. 바로 이 편지 때문이에요. 편지라고 할 수 있을지 모르겠지만 오늘 아침에 배달된 겁니다."

헨리 경이 봉투 하나를 탁자 위에 올려놓았다. 우리는 모두 탁자 위로 몸을 숙이고 편지를 들여다보았다. 겉봉투에는 '노섬버랜드 호텔, 헨리 바스커빌 경에게'라는 글자가 대문자로 휘갈겨져 있었다. 소인은 '차링 크로스'라고 찍혀 있었고, 편지를 부친 날짜는 어젯밤이었다.

"헨리 경께서 노섬버랜드 호텔에 묵고 있다는 사실을 누가 알고 있습니까?"

홈즈가 물었다.

"아무도 없습니다. 내가 모티머 선생을 만난 후에 결정한 일이니까요. 그 전엔 친구 집에서 지내고 있었습니다. 우리가 그 호텔에서 머물 예정이라는 사실은 아무에게도 알린 적이 없습니다."

"음, 그렇군요. 그렇다면 누군가가 경의 행동거지에 대단히 많은 관심을 갖고 지켜보고 있다는 얘기로군요."

홈즈는 봉투를 열고 종이 한 장을 꺼냈다. 종이에는 인쇄된 글씨를 오려 붙여서 만든 문장이 적혀 있었다.

당신의 가치가 중요하다고 생각한다면 황무지를 멀리하시오.

그 문장에서 '황무지'라는 단어만 잉크로 씌어 있었다.
"도대체 이 말의 의미가 무엇일까요? 그리고 내 일에 이렇게 관심이 많은 사람은 대체 누굴까요?"
헨리 경이 답답해 하며 물었다.
"헨리 경, 당신이 이 방을 나가기 전에 우리가 알고 있는 사실을 모두 알려 드리겠습니다. 여보게, 왓슨, 어제 날짜 〈타임스〉지 가지고 있지? 사설이 실려 있는 안쪽 면을 줘 보게."
신문을 건네주자 홈즈는 재빨리 훑어보았다.
"아, 여기 자유 무역에 관한 훌륭한 사설이 실려 있군요. 그 중 일부를 여러분에게 읽어 드리지요."

외국 물자에 대한 관세가 당신의 생업이나 산업을 촉진시킨다고 생각할 수도 있다. 하지만 결국 이런 관세는 국가가 부를 축적할 기회를 멀리하게 하고 해외에서 들여오는 물자의 가치를 하락시키며 이 땅의 기본적인 생활 조건을 저하시킬 것이다.

“왓슨, 어떤가?”

홈즈는 만족스러운 듯 양손을 비비며 의기양양하게 말했다.

“솔직히 말해서 어떤 관계가 있는지 난 전혀 모르겠네.”

“그게 아니지, 왓슨. ‘당신의’, ‘가치’, ‘멀리하’, 정말 이 단어들을 어디서 잘라 낸 것인지 모르겠단 말인가?”

“그래요, 홈즈 탐정의 말씀이 맞습니다!”

헨리 경이 탄성을 질렀다.

“‘멀리하’가 한 묶음으로 잘린 걸 보면 틀림없어요.”

“홈즈 탐정, 정말 놀랍군요! 이건 정말 상상을 초월하는데요? 대체 어떻게 알아내신 겁니까?”

모티머는 내 친구를 놀라운 눈으로 바라보며 물었다.

“모티머 선생, 선생께서는 어떤 부족의 머리와 다른 부족의 머리를 구별할 수 있지요?”

“물론이지요.”

“어떻게 구별하십니까?”

“그건 나의 특별한 관심사니까요. 차이점도 확실하고…….”

“그렇다면 이것은 나의 특별한 관심 분야입니다. 차이점도 똑같이 확실하고요. 선생께서 두 부족의 머리 모양의 차이점을 알아낼 수 있듯이, 내 눈엔 〈타임스〉지의 활자체와 싸구려 신문의 활자체가 확연히 달라 보여요. 활자체에 대한 지식은 범죄 연구의 기본이지요.”

"그럼 누군가가 전하고자 하는 내용을 가위로 잘라 내서 종이
에 붙였다는 말씀이군요."

"손톱 깎는 가위가 분명합니다."

홈즈가 말했다.

"여기, '멀리하'라는 단어를 보면 잘린 자국이 두 번 보입니다.
이건 칼날이 짧은 가위로 잘랐다는 것을 알려 주지요."

"그렇군요. 그렇다면 여기 '황무지'라는 단어는 왜 손으로 썼
을까요?"

"인쇄된 글에서 그 단어를 찾을 수 없었기 때문이오. 다른 단
어는 모두 어느 신문에서나 찾을 수 있는 단순한 것들입니다.
하지만 '황무지'라는 단어는 평소에 그리 많이 쓰이는 단어가
아니지요."

"그렇군요! 이제야 이해가 갑니다. 또 알아내신 게 있습니까,
홈즈 탐정?"

"글쎄요. 한두 가지쯤은 더 알 수 있지요. 보시다시피 주소를
대문자로 서툴게 써 놓았죠. 하지만 〈타임스〉지는 대개 교육 수
준이 높은 사람들이 읽습니다. 따라서 이 편지는 교육 수준이
높은 사람이 교육받지 않은 사람처럼 보이게 하려고 애쓰면서
썼다는 것을 알 수 있습니다. 단어를 들쑥날쑥 붙여 놓은 걸 보
면 알 수 있을 겁니다. 어떤 글자들은 다른 글자들보다 훨씬 더
높이 붙여져 있지요. 내가 보기엔 이 편지를 만든 사람이 무척

다급했던 것 같습니다. 왜 그렇게 서둘렀을까요? 오늘 아침 헨리 경이 호텔을 떠나기 전에 전달하려고 했다면 어젯밤 아무 때나 부쳐도 됐을 텐데 말입니다. 누군가가 방해할까 봐 두려웠던 걸까요? 그렇다면 그자는 누굴까요?”

“모두 추측일 뿐입니다.”

모티머가 말했다.

“아뇨. 우리의 추리는 가능성을 모두 조사해서 그 중에서 가장 그럴듯한 것을 추려 내는 겁니다. 상상력을 과학적으로 응용하는 거지요.”

홈즈는 단어를 붙여 놓은 종이를 눈에 바짝 갖다 대고 주의 깊게 살피고 나더니 종이를 탁자 위로 던졌다.

“이 이상한 편지에서 알아낼 수 있는 것은 모두 알아냈소. 헨리 경, 런던에 도착한 후로 다른 일은 없었소? 누군가가 뒤를 밟는다거나 감시를 하고 있는 듯한 눈치는 못 챘습니까?”

“도대체 누가 내 뒤를 밟거나 감시한단 말이죠?”

“그건 우리가 밝혀 낼 겁니다. 그 외에 달리 하실 말씀은 없습니까?”

“홈즈 탐정께서 과연 이 일이 들을 만한 가치가 있다고 생각하실지 모르겠습니다만……..”

“평소에 흔하게 일어나는 일이 아니면 모두 가치가 있지요.”

헨리 경이 멋쩍게 웃으며 말했다.

"나는 아직 영국 생활에 대해 아는 것이 별로 없습니다. 지금까지 거의 미국과 캐나다에서만 지냈으니까요. 하지만 구두 한 짝이 없어지는 일은 이곳 영국에서도 그리 예사로운 일은 아니겠죠?"

갑자기 모티머가 말을 막고 나섰다.

"이보시오, 헨리 경. 그건 호텔에 돌아가면 찾을 수 있을 거예요. 왜 그런 사소한 일로 홈즈 탐정을 귀찮게 합니까?"

"아니, 나는 탐정께서 일상적인 일이 아니면 뭐든 얘기하라고 하셔서……."

"그래요, 우스꽝스러운 일이라 하더라도 말씀해 주셔야 합니다. 구두 한 짝을 잃어버렸다고 했습니까?"

홈즈가 물었다.

"그렇습니다. 그런데 글쎄, 찾을 수가 없어요. 바로 어젯밤에 새로 사서 한 번도 안 신은 새 구두인데 말입니다. 어제 물건을 많이 구입했거든요. 지택에 내려가서 살려면 그에 걸맞는 의복이 있어야 할 것 같아서요. 그중에 갈색 구두도 있었는데, 신어 보기도 전에 도둑을 맞았으니!"

"정말 훔쳐 가 봐야 쓸모 없는 물건 같은데……. 모티머 선생의 말처럼 나도 잃어버린 구두 한 짝을 곧 찾을 수 있을 거라고 믿소."

홈즈가 말했다.

"자, 여러분! 이제 여러분이 약속을 지킬 차례입니다. 도대체 무슨 일인지 전부 말해 주십시오."

헨리 경이 재촉했다.

우리의 과학자 친구 모티머는 이 말에 용기를 얻었는지 주머니에서 곧장 서류를 꺼냈다. 그리고 전날 아침 우리에게 들려준 이야기를 처음부터 다시 하기 시작했다. 헨리 경은 이따금 놀라워하면서 그 얘기에 유심히 귀를 기울였다. 이야기를 다 듣고 나서 그가 말했다.

"물론 아주 어렸을 때부터 그 사냥개에 대한 이야기는 나도 들었습니다. 바스커빌 가문 사람이라면 누구나 그 이야기를 잘 알고 있지요. 하지만 그 얘기를 심각하게 받아들인 적은 한 번도 없었어요. 그런데 큰아버지의 죽음에 대해서는……. 그리고 호텔에서의 이 편지 사건도 있었고."

"그건 황무지에서 벌어지고 있는 일을 우리보다 더 잘 알고 있는 사람이 있다는 증거죠. 하지만 중요한 건 헨리 경께서 바스커빌 저택으로 갈 것인지 가지 않을 것인지 결정을 내려야 한다는 것입니다."

모티머가 말했다.

"악마든 사람이든, 그 어떤 것도 내가 우리 조상들이 대대로 살던 집으로 가는 것을 막을 수는 없어요."

이렇게 말하는 헨리 경의 얼굴이 벌겋게 달아올랐다. 바스커빌 가문의 특징인, 쉽게 흥분하는 기질이 마지막 혈육인 그에게도 남아 있는 게 분명했다.

"하지만 지금 들은 얘기에 대해서는 생각해 볼 시간이 거의 없었어요. 호텔로 돌아가 혼자 조용히 생각을 좀 해 봐야겠습니다. 홈즈 탐정은 왓슨 박사와 이따 호텔로 오셔서 점심이나 함께 하시죠."

"그렇게 하지요. 택시를 부를까요?"

"감사합니다만 그냥 걷겠습니다. 걸으면서 생각을 정리해야겠어요."

"그럼 점심때 다시 뵙도록 하지요. 안녕히 가십시오."

방문객들이 계단을 내려가는 발자국 소리가 들렸다. 곧이어 현관문이 요란하게 닫혔다. 그러자 홈즈는 바로 몽상가에서 행동가로 변신했다.

"서두르게, 왓슨! 시간이 없어!"

그러더니 몇 초 만에 외투를 걸치고 나왔다. 우리는 황급히 계단을 내려가서 베이커가로 향했다. 다행히 이백 미터 정도 앞에 모티머와 헨리 경의 모습이 보였다.

우리는 거리를 충분히 유지하면서 옥스퍼드가에서 리젠트가까지 그들의 뒤를 밟았다. 우리의 친구들이 상점 진열장을 들여다보면 홈즈와 나도 똑같이 따라 했다.

잠시 후 홈즈가 가늘게 탄성을 질렀다. 그의 빈틈없는 눈을 따라가 보니, 승객을 태운 마차 한 대가 길가에 서 있었다. 곧 마차가 서서히 움직였다.

"바로 저자야! 어서 오게! 저자가 누군지 자세히 봐야 해."

바로 그 순간 마차의 창문으로 덥수룩한 검은 턱수염과 날카로운 눈초리를 한 사내가 우리 쪽을 바라보았다. 그러더니 마차 안에서 크게 외치는 소리가 들렸다. 갑자기 마차가 리젠트가를 따라 전속력으로 달려가기 시작했다. 홈즈는 다른 마차를 타려고 황급히 주위를 두리번거렸으나 빈 마차가 눈에 띄지 않았다.

"이렇게 재수가 없다니. 게다가 일 처리도 제대로 못하고! 헨리 경은 런던에 도착하자마자 미행을 당한 게 틀림없어. 그게 아니라면 그가 노섬버랜드 호텔에 묵을 거라는 사실을 어떻게 그렇듯 빨리 알아낼 수 있었겠나? 지금 우리는 아주 영리한 자를 상대하고 있네. 왓슨, 마차 안에 앉아 있던 남자의 얼굴을 기억하나?"

"검은 턱수염 말고는 전혀 기억나지 않는걸."

"나도 그래. 내가 보기에 그건 가짜 수염이야. 얼굴을 가리기 위해서지. 그렇지만 내가 아무리 서둘렀다고 해도 마차 번호까지 놓쳤을 거라고 생각하진 않겠지? 그 마차 번호는 2704번이었네. 그리 중요한 정보는 아니지만 어쩔 수 없지. 자, 잠깐 이리 들어오게."

홈즈가 들어간 곳은 심부름 센터였다. 주인은 홈즈를 보자 몹시 반가워하며 굽실거렸다.

"홈즈 탐정님, 여긴 어쩐 일이십니까? 지난번에 제 누명을 벗겨 주신 은혜는 아직도 잊지 않고 있습니다."

"하하, 과장이 심하군. 윌슨, 자네 밑에서 일하는 애들 중에 카트라이트라는 아이가 있었지? 일을 꽤 잘했던 걸로 기억하는데. 그 아이를 좀 불러 주겠나? 그리고 이 지폐를 잔돈으로 좀 바꿔 주게."

부름을 받고 내려온 열네 살짜리 소년은 존경의 빛을 눈에 가득 담은 채 홈즈 앞에 섰다.

"카트라이트, 여기 호텔 명부가 있다. 차링 크로스 근방에 있는 스물세 개의 호텔이야. 이곳을 전부 찾아가서 문 앞에 서 있는 짐꾼들에게 일 실링씩 주고, 어제 나온 폐휴지를 좀 보고 싶다고 말해라. 중요한 전보를 찾고 있는 중이라고. 하지만 네가 진짜로 찾아야 할 것은 〈타임스〉지 가운데 쪽이야. 그 가운데 쪽에 가위로 오려 낸 자국이 있어야 돼. 찾을 가능성이 희박하지만 설사 찾지 못하더라도 전보를 보내 주렴. 자, 여기 잔돈을 가져가거라."

"잘 알겠습니다, 홈즈 탐정님."

"왓슨, 이제 우리는 본드 가에 있는 화랑으로 가서 그림 구경이나 하면서 시간을 보내기로 하세."

제 5 장

잃어버린 구두

오로지 한 가지에 신경이 쏠리면 다른 일에는 집중하지 못하는 나와는 달리, 홈즈는 모든 것을 잊고 눈앞의 것에 몰두할 수 있는 능력이 있었다. 화랑 안에서도 현대 벨기에 거장들의 작품만 뚫어져라 쳐다보더니, 노섬버랜드 호텔에 도착할 때까지 미술 작품 얘기만 했다.

"헨리 바스커빌 경께서 두 분을 기다리고 계십니다."

호텔에 도착하자 직원이 우리를 안내했다. 계단을 거의 다 올라갔을 때, 헨리 경과 정면으로 마주쳤다. 그는 화가 나서 얼굴이 붉으락푸르락했는데, 손에는 먼지투성이의 낡은 구두 한 짝이 들려 있었다.

"이 호텔에서 나를 바보로 아는 모양이오."

그가 소리쳤다.

"사람 잘못 봤지! 잃어버린 구두를 찾아내지 못하면 제 명에 못 죽을 줄 알아. 홈즈 탐정, 나도 가벼운 장난쯤은 웃어넘길 줄 아는 사람이오. 하지만 이건 너무하지 않소!"

"아직도 구두를 찾고 있는 겁니까?"

"그래요, 무슨 수를 써서라도 찾아내고 말 겁니다."

"그런데 새로 산 건 갈색 구두라고 하지 않았던가요?"

"그랬죠. 근데 이번엔 신던 구두예요. 검정색이죠."

"뭐라고요? 설마……."

"나는 구두가 세 켤레밖에 없어요. 새로 산 구두, 헌 구두, 그리고 지금 신고 있는 이 구두……. 어젯밤에는 새로 산 갈색 구두 한 짝을 훔쳐 가더니, 오늘은 이 검정색 헌 구두를 한 짝 들고 갔지 뭡니까! 도저히 이해할 수가 없어요. 이렇게 황당한 일은 처음입니다."

"아마도 가장 이상한 일이겠지요."

홈즈가 조심스럽게 말했다. 때마침 독일인 웨이터가 나타나자 헨리 경은 으름장을 놓았다.

"해지기 전까지 내 구두가 제자리에 없으면, 당장 이 호텔에서 나갈 거라고 지배인에게 전하시오!"

"죄송합니다, 손님. 화 푸시고 조금만 기다리시면 금방 찾아

드리겠습니다."

"당연히 그래야 할 거요. 홈즈 탐정, 이런 일로 심려를 끼쳐 드려서 죄송합니다. 그런데 왜 이런 일이 일어나는 걸까요?"

"글쎄요, 아직은 이 문제를 정확하게 이해했다고는 말씀드릴 수가 없군요. 헨리 경, 경에게 일어난 이번 일은 정말 복잡합니다. 하지만 한두 가지 가닥이 잡혔소. 그 중 하나가 우리를 진실로 이끌어 줄 거라 믿어요."

우리 네 사람은 기분 좋게 점심 식사를 했다. 식사 중에는 그 누구도 바스커빌가에서 일어난 일에 대해 얘기하지 않았다. 식사를 마친 홈즈가 헨리 경에게 앞으로 어떻게 할 것인지 물었다.

"이번 주말에 바스커빌 저택으로 갈 겁니다."

"현명한 결정인 것 같군요. 그런데 모티머 선생, 오늘 아침 우리 집에서부터 미행당했던 사실을 알고 있습니까?"

"미행이라뇨? 누구한테 말입니까?"

모티머는 깜짝 놀란 표정으로 물었다.

"죄송하지만 지금은 대답할 수가 없소. 그런데 혹시 다트무어에 사는 이웃 사람들 중에 검은 턱수염을 덥수룩하게 기른 사람이 있소?"

홈즈가 묻자 모티머가 대답했다.

"아뇨. 아, 잠깐만, 있어요. 찰스 경의 하인인 배리모어가 검은 턱수염을 길렀지요.”

“하! 그렇군요. 배리모어는 어디에 있습니까?”

“바스커빌 저택을 지키고 있지요.”

“그가 지금 저택을 지키고 있는지, 아니면 런던에 와 있는지 알아봐야겠소.”

“어떻게요?”

“전보 용지 한 장만 주시겠습니까? 전보 용지에 ‘헨리 경을 맞을 준비는 잘 되어 갑니까?’라고 쓰면 됩니다. 주소는 바스커빌 저택의 배리모어 앞으로 하고요. 모티머 선생, 저택에서 가장 가까운 우체국이 어딥니까?”

“그림펜 우체국이지요.”

모디미가 내답했다.

“좋습니다. 그림펜 우체국장에게 전보를 따로 하나 보내는 겁니다. 거기에는 ‘배리모어에게 가는 전보를 반드시 그에게 직접 전달하시오. 만약에 그가 받지 못하면 노섬버랜드 호텔에 묵고 있는 헨리 바스커빌 경에게 되돌려 보내길 바랍니다.’라고 쓰면 됩니다. 그러면 배리모어가 저택에서 자신의 임무를 다하고 있는지 오늘 저녁 전까지 알 수 있을 겁니다.”

홈즈가 말하자 헨리 경이 고개를 끄덕였다.

“그런데 모티머 선생, 배리모어는 어떤 사람입니까?”

홈즈의 질문에 모티머가 대답했다.

"배리모어네 집안은 조상 대대로 바스커빌 저택의 하인이었어요. 배리모어와 그의 아내는 믿어도 되는 사람들입니다."

"찰스 경이 죽으면서 혹시라도 배리모어에게 돌아가는 이득이 있습니까?"

홈즈가 물었다.

"그들 부부가 각각 오백 파운드씩을 받았지요."

"하! 그것 참 재미있는 일이군! 그들 말고 또 유산을 받은 사람은 없소?"

"찰스 경은 많은 사람들에게 소액의 유산을 나눠 줬어요. 그리고 나머지는 모두 헨리 경의 몫입니다."

"얼마나 되죠?"

"칠십사만 파운드요."

홈즈와 나는 놀라서 눈이 휘둥그레졌다.

"그렇게 엄청난 돈이 연관되어 있을 거라고는 생각지도 못했소. 그 정도라면 그 어떤 위험도 감수할 만한데요. 모티머 선생, 한 가지만 더 묻겠소. 만의 하나, 헨리 경에게 무슨 일이 생긴다면 누가 막대한 유산과 저택의 주인이 되지요?"

"중앙 아메리카에서 사망한 찰스 경의 막내 동생은 독신이었어요. 따라서 모든 것은 영국 북부에 살고 있는 제임스 데스몬드라는 목사에게 돌아갈 겁니다. 그분은 연세가 아주 높아요. 취향이 소박한 데다 훌륭한 삶을 사시는 분입니다. 찰스 경이 돌아가시기 전에 그분에게 얼마간의 유산을 물려주고 싶어 했던 기억이 납니다. 그런데 데스몬드 씨가 거절했어요. 아주 선량하고 친절한 노신사지요. 그분을 의심해서는 안 됩니다.”

“알겠습니다. 그나저나 헨리 경, 다트무어로 내려가실 때 결코 혼자 가서는 안 됩니다. 모티머 선생은 바쁜 분이고, 그림펜에 있는 집은 저택에서 몇 킬로미터나 떨어져 있어요. 믿을 만한 사람을 한 명 데리고 가야 합니다. 항상 당신 곁에 있어 줄 사람 말이오.”

“홈즈 탐정, 당신이 직접 가시면 안 될까요?”

“사건이 위기에 빠진다면 가 보아야겠지만 아시다시피 내가 맡고 있는 다른 중요한 사건도 있고, 또 계속 의뢰가 들어오고 있이시 그건 불가능합니다. 이해해 주시길 바랍니다.”

“그럼 누구 추천할 사람이라도?”

“만약 내 친구가 당신과 함께 가 준다고 한다면, 당신 곁을 지키기에 더 좋은 사람은 없을 것입니다만…….”

내가 미처 뭐라 대답하기도 전에 헨리 경이 내 손을 덥석 잡고 다정하게 흔들었다.

“왓슨 박사, 정말 감사합니다. 왓슨 박사가 같이 가 주신다면 이 은혜는 평생 잊지 않을 겁니다.”

약간 망설이는 척했지만, 사실 나는 모험이 예상되는 곳에 항상 흥미를 느끼기 때문에 내심 가고 싶은 마음이었다.

“기꺼이 동행하지요.”

내가 말했다.

“내려가서 내게 아주 상세히 보고를 해 주게.”

홈즈가 부탁했다.

“때가 되면 어떻게 행동할지 알려 주겠네. 가장 먼저 할 일은 모두 다 같이 토요일 아침 패딩턴 역에서 열 시 삼십 분 기차를 타는 거요.”

얘기를 마치고 우리가 나가려고 일어서는 순간, 헨리 경이 갑자기 소리를 질렀다. 그는 한쪽 구석으로 황급히 달려가더니 탁자 밑에서 갈색 구두 한 짝을 꺼냈다.

“잃어버린 구두예요!”

그가 소리쳤다.

“거참, 이상하군. 점심 식사 전에 이 방을 샅샅이 뒤졌는데, 그때는 분명히 구두가 없었어요.”

모티머가 의아한 표정으로 말했다.

“맞아요. 나도 구석구석 다 찾아봤는데 없었거든요.”

뭐라 설명할 수 없는 상황이었다. 지난 이틀 동안 수수께끼 같은 사소한 사건들이 꼬리를 물고 일어났다. 거기에 사건이 하나 더 보태진 것이었다. 인쇄된 글자를 오려 만든 편지, 마차에 타고 있던 검은 턱수염의 사내, 분실된 검정색 헌 구두, 그리고 지금 되찾은 갈색 새 구두까지.

마차를 타고 베이커가로 돌아오는 길에 홈즈는 아무 말 없이 앉아 있었다. 그의 진지하고 예리한 표정을 보니, 그 역시 나처럼 이 기이하고 연관성 없는 사건들을 이어 보기 위해 애쓰고 있는 듯했다.

저녁 식사를 하기 전에 전보 두 장이 도착했다. 첫 번째 전보는 다음과 같은 내용을 담고 있었다.

배리모어가 저택에 있다는 사실을 확인했음.

—헨리 바스커빌

나머지 전보 역시 기다리던 소식은 아니었다.

지시하신 대로 호텔 스물세 곳을 돌아다녔지만, 글자가 오려진 〈타임스〉지는 찾지 못했음.

—카트라이트

"왓슨, 두 개의 희망이 동시에 사라졌네. 그렇지만 불리한 상황만 이어지는 사건이 더 흥미로운 법이지. 이제 세 번째 희망에 기대를 걸어 볼 수밖에 없네."

"세 번째 희망이라면 그 마차 말인가?"

"그렇다네. 마차 번호로 등록된 마부의 이름과 주소를 알아내기 위해 전보를 보냈지. 지금 밖에서 들리는 인기척이 내가 원하는 답을 가지고 온 거라면 정말 다행일 텐데."

그러나 밖에서 인기척을 낸 사람은 전보를 들고 온 자가 아니라 바로 그 마부였다.

"저는 존 클레이튼이라고 합니다. 버로우 시 터페이 근처에서 말을 몰지요. 무엇이 궁금하신가요, 나리?"

"클레이튼 씨, 오늘 아침 열 시경에 이 집을 감시하다가 리젠트가로 향하는 두 신사를 뒤따라가자고 했던 손님에 대해 말해 주겠소?"

"아, 그 신사 분은 자신이 세계적인 탐정이라면서 아무에게도 자신의 얘기를 하지 말아 달라고 당부하셨습니다."

"이보게, 이건 매우 중요한 일일세. 나에게 뭔가를 숨긴다면 머지않아 후회하게 될 거야. 그 사람이 자신을 탐정이라고 했다고? 언제 그런 얘기를 하던가?"

"마차에서 내리고 나서요. 그리고 이름을 말했습니다요."

"이름을 말했다고? 참으로 경솔한 짓을 했군. 그래, 이름이 뭐라 하던가?"

"셜록 홈즈라고 했습니다."

마부의 대답을 들은 홈즈는 그만 아연실색하고 말았다. 한참 동안 아무 말 없이 멍하니 앉아 있던 그가 갑자기 크게 웃음을 터뜨렸다.

"대단해! 왓슨, 우리가 깨끗이 당했군. 허를 찔렸어. 이보게, 그때 일을 자세히 말해 보게."

"예, 나리. 그 손님은 아침 아홉 시 반쯤에 제 마차를 불러 세웠습죠. 그리고 자신이 탐정이라면서 아무것도 묻지 말고 하루 동안 시키는 대로 하면 이 기니를 주겠다고 했습니다. 먼저 노섬버랜드 호텔로 마차를 타고 갔지요. 호텔에서 신사 두 분이 나와서 마차를 타고 이 근처까지 오는 것을 뒤따라 왔습니다. 그러고 나서 한 시간 반쯤 길가에 마차를 세워 놓고 기다렸지요. 신사 두 분이 다시 거리에 나타나자 그분들을 따라갔습죠."

"역시 그랬군."

"그런데 갑자기 그 손님이 미행을 그만두고 전속력으로 워털루 역으로 가라고 소리를 질렀죠. 저는 말에게 채찍을 휘둘러 순식간에 역에 도착했습니다. 마차가 서자 그 손님은 기분좋게 이 기니를 지불하고 역으로 들어가더군요. 그런데 역에 들어서기 진에 갑자기 돌아서서 말했습니다. '자네가 궁금해 할 것 같으니 말해 주지. 오늘 하루 종일 마차에 태우고 다닌 이 몸은 바로 셜록 홈즈라네.'"

"그렇군. 그래, 그 사람은 어떻게 생겼나?"

"글쎄요, 설명하기가 쉽지 않은 외모입니다요. 나이는 사십대 중반가량이었고, 키는 선생님보다 육칠 센티미터 정도 작았습니다. 옷은 잘 차려 입었고, 낯빛은 조금 창백했고요. 얼굴이 각이 지고 검은 수염이 나 있었죠. 그 이상은 잘 기억이 나지 않습니다.”

“알았네, 고맙네. 더 기억나는 것이 있으면 다시 찾아오게.”

홈즈는 그에게 반 파운드짜리 금화를 건네면서 말했다. 금화를 받아 든 그는 싱글벙글 웃으면서 굽실거리듯 인사를 하고는 밖으로 나갔다.

그가 나가자 홈즈가 말했다.

“누구인지 몰라도 정말 교활한 놈이야. 우리 직업이 무엇인지는 물론, 헨리 경이 우리를 찾아올 것과 내가 마차를 알아보고 마부를 부를 것까지 모두 계산에 넣고 있었다네. 그래서 이런 대담한 신호를 보내온 거지.”

그러고는 내게 이렇게 당부했다.

“왓슨, 잘 듣게. 이번에는 싸워 볼 만한 적을 만났네. 런던에서는 내가 졌지만, 다트무어에서는 자네에게 행운이 있기를 빌겠네. 하지만 자네를 보내는 게 썩 내키지는 않는구면. 이번 일은 사악한 사건이야. 사악할 뿐만 아니라 위험하기까지 하지. 이 사건은 알면 알수록 점점 더 싫어진다네.”

홈즈가 이렇게 예민하게 구는 모습이 뜻밖이어서 나는 신기하다는 듯이 한참 동안 쳐다보았다.

“그래, 나를 비웃을지도 모르겠군. 아무튼 자네가 무사히 베이커가로 돌아오기만을 빌겠네.”

제 6 장

바스커빌 저택으로

우리가 떠나기로 한 토요일 아침, 홈즈는 나를 패딩턴 역까지 바래다 주면서 마지막 충고를 덧붙였다.

"자네가 이 사건과 관련된 사항들을 가능한 한 빠짐없이 보고해 주길 바라네. 설령 간접적으로 관련된 일이라도 말일세. 찰스 경의 죽음에 대한 상세한 내용이라든가, 실제로 헨리 경과 가까이 지내는 사람이 누구인가 하는 것까지 말이야."

"알겠네."

홈즈의 충고에 나는 다짐하듯 대답했다.

"아, 그리고 황무지에는 두 가족이 살고 있네. 자네도 알다시피 우리의 친구 모티머 선생과 그의 아내가 있지. 내 생각에 모티머 선생은 정말 정직한 사람 같아. 그러나 그의 아내에 대해서는 아는 바가 전혀 없네. 그리고 생물학자 스태플턴과 그의 여동생이 있는데, 그 여동생은 젊고 매력적인 아가씨라고 들었네. 그 외에 다른 이웃들이 두어 명 있지. 이 사람들은 자네가 유심히 지켜보아야 할 인물들일세. 자네, 권총은 가지고 가겠지? 밤이나 낮이나 총을 몸에 지니고 다니게. 절대 경계를 게을리하지 말고, 알겠나?”

끝없이 이어지는 홈즈의 조언을 들으며 역 안으로 들어서자, 우리의 친구들이 먼저 와서 기다리고 있었다.

“다른 구두 한 짝은 찾았소?”

홈즈가 물었다.

“아뇨, 영영 잃어버린 것 같습니다.”

“그래요, 아주 흥미롭군요. 아무튼 앞으로는 절대 혼자서 돌아다니지 마시오. 그리고 모티머 선생이 읽어 주었던 괴이한 전설 속의 한 구절을 명심하시오. 악의 세력이 극성을 부리는 어둠의 시간에는 절대 황무지를 건너지 말라는…….”

기차에 올라 플랫폼을 바라보니, 홈즈가 제자리에 꼼짝 않고 서서 멀어져 가는 우리를 지켜보고 있었다.

기차 여행은 생각보다 꽤 유쾌했다. 바스커빌 가문의 젊은 후계자는 창 밖을 열심히 바라보다가, 데번 지역 특유의 붉은색 토양과 화강암 절벽이 눈에 들어오자 그 아름다움에 반해 탄성을 질렀다.

뒤이어 나타난 황무지는 마치 꿈에서나 나올 법한 기이한 풍경이었다. 그러나 헨리 경은 창 밖 너머의 그 황무지에서 눈을 떼지 못했다. 그곳을 바라보는 그의 표정에는 자부심이 서려 있었다. 어떤 위험이라도 맞서고자 하는 의지가 느껴졌다.

이윽고 시골 역에서 기차가 멈추자 우리는 모두 자리에서 일어섰다. 역 앞에 마차가 대기하고 있었다. 마차는 우리가 올라타자마자 하얀 돌이 깔린 넓은 길을 빠르게 내달렸다. 길 옆으로 굽이치는 들판과 초록빛 나무들이 스쳐 지나갔다. 하지만 그 너머에는 어둑한 황무지가 저녁 하늘 아래 완만한 곡선을 그리며 넓게 펼쳐져 있었다.

"이보게, 저게 뭐지?"

모티머가 갑자기 마부에게 물었다. 우리 앞으로 펼쳐진 황무지 끝자락에 가파른 언덕이 보였다. 언덕 위에는 말을 탄 군인이 마치 돌로 빚어 놓은 것처럼 꼼짝 않고 서 있었다. 어깨에 총까지 멘 그 군인은 우리가 달리는 길을 주시하고 있었다.

마부가 우리 쪽으로 몸을 돌리며 말했다.

"사흘 전 프린스 마을에 있는 감옥에서 죄수 한 명이 도망쳤답니다. 간수들이 길목마다 지키고 있지만 아직 못 찾았다는군요. 마을 사람들도 모두 불안해 하고 있지요. 무슨 일을 저지를지 모르니까요. 그 죄수는 노팅힐 사건의 살인자 셀던이래요."

나는 그 사건을 잘 알고 있었다. 살인 방법이 매우 냉혹하고 잔인했기 때문이다. 살인자의 행동이 너무나 끔찍해서 사람들은 그의 정신 상태를 의심하기까지 했다.

이제 우리 눈앞에 탁 트인 황무지가 모습을 드러냈다. 황무지에서 냉기를 머금은 바람이 불어왔다. 저 위 어딘가에 그 살인자가 세상에 대한 증오를 가득 품은 채 야수처럼 숨어 있을 것이었다.

하늘이 어둑해지자 여행 내내 쉬지 않고 떠들던 헨리 경마저 입을 다물었다. 그는 외투의 깃을 바짝 당겨 몸을 감쌌다. 우리는 아랫마을을 뒤로하고 계속 달렸다. 앞에 놓인 길은 점점 더 험해졌다. 커다란 바위들이 여기저기 흩어져 있는 비탈길을 올라가니, 돌로 지은 집들이 띄엄띄엄 외롭게 서 있었다. 지붕까지 돌로 덮여 있었다. 그러다 갑자기 움푹 파인 분지가 나타났다. 주변에 듬성듬성 서 있는 작은 나무들은 바람에 꺾여서 뒤틀려 있었으며, 그 나무들 뒤로 두 개의 탑이 높다랗게 솟아 있었다.

마부가 채찍으로 탑을 가리키며 말했다.

"저게 바스커빌 저택입니다요."

잠시 후, 우리는 저택의 대문을 지나 주목나무 오솔길로 들어섰다. 낙엽이 쌓여 있어 마차 바퀴 소리가 조금도 들리지 않았다. 머리 위로는 나뭇가지들이 맞닿아 있었다. 헨리 경이 주위를 둘러보며 말했다.

"이런 곳이라면 백부님께서 위험을 느끼셨을 만하군요. 누구라도 공포에 떨었을 겁니다."

드디어 주목나무 오솔길을 벗어났다. 이른 저녁의 어스름한 빛 속에서 시커멓고 육중한 건물이 보였다. 건물 앞면은 온통 거대한 담쟁이덩굴로 덮여 있었다. 담쟁이덩굴은 지붕까지 닿아 있었고, 저택의 중앙에는 두 개의 탑이 솟아 있었다. 몇 군데의 창에서 희미한 불빛이 새어 나왔다. 그리고 굴뚝 하나에서는 검은 연기가 실오라기처럼 피어 올랐다.

"어서 오십시오, 헨리 경 나리! 바스커빌 저택에 오신 것을 환영합니다."

어두컴컴한 현관문 앞에서 키가 큰 남자 한 명이 우리 쪽으로 걸어 나왔다. 그 뒤로 복도의 노란 불빛 아래 여자 한 명이 서 있었다. 그들은 우리의 짐을 받아 들고 안으로 들어갔다.

"나는 바로 집으로 가야겠습니다. 처리해야 할 일이 있거든요. 밤이든 낮이든 상관 말고 언제든 내가 필요하면 사람을 보내십시오. 그럼 안녕히 계십시오."

모티머가 작별 인사를 했다. 잠시 후 마차 바퀴 소리가 주목나무 오솔길을 따라 서서히 잦아들더니, 우리 뒤에 있는 현관문이 육중한 소리를 내며 닫혔다.

앞에는 배리모어가 우리의 짐을 들고 서 있었다. 그는 훈련을 잘 받은 하인답게 말이 없고 조심스러웠다. 키가 크고 파리한 얼굴에 검은 턱수염을 단정하게 다듬은 잘생긴 남자였다.

"나리, 저녁 식사를 바로 준비하겠습니다. 그리고 침실에 더운 물도 준비해 놓겠습니다."

배리모어가 고개를 숙이며 말을 이었다.

"저와 제 아내는 나리를 주인님으로 모실 수 있어서 정말 기쁩니다. 그런데 새로운 상황에서 이 집을 꾸려 가시자면 지금보다 더 많은 인원이 필요할지도 모르겠습니다."

"새로운 상황이라뇨?"

"나리께서는 여러 친구들과 교제하기를 바라실 테지요? 그러자면 곧 하인들을 바꿔야겠다고 생각하게 되실 겁니다."

"그럼 두 사람은 여기를 떠난다는 말이오?"

"주인님이 원하신다면요."

"당신 집안은 몇 대에 걸쳐 우리 집안과 같이 지내 왔소. 그런 인연을 깨고 다른 사람을 고용하는 일은 없을 것이오."

배리모어의 얼굴에 잠시 감동의 빛이 어렸다.

"저희도 그렇게 생각합니다만, 찰스 경 나리의 죽음은 저희에게 커다란 충격이었습니다. 그 고통 때문에 이 저택에서 편안한 마음으로 지내기가 힘듭니다."

"여기를 나간다면 무얼 할 생각이오?"

"장사를 할까 생각 중입니다. 찰스 경 나리께서 감사하게도 그만한 돈을 저희에게 남겨 주셨습니다. 나리, 이제 방으로 안내해 드리겠습니다.”

거실은 두 개의 계단과 연결돼 있었고, 중간에 있는 긴 복도는 건물 끝까지 통해 있었다. 각각의 침실로 들어가는 문들은 모두 이 복도로 나 있었다. 내 침실은 헨리 경의 침실 바로 옆이었다. 침실은 저택의 다른 공간보다 현대적으로 보였지만 식당은 전혀 그렇지 않았다.

작고 동그란 등잔불 외에는 아무것도 눈에 띄지 않는, 길고 어두운 식당에서 식사를 하는 동안 우리는 거의 말을 나누지 않았다. 머리 위에는 검은 대들보가 놓여 있었고, 높은 천장은 연기로 검게 그을려 있었다. 그리고 벽을 따라 길게 늘어선 바스커빌 가문의 초상화들이 우리를 내려다보고 있었다. 나는 우리와 자리를 함께한 그들의 존재가 거북하게 느껴졌다.

우리는 일찍 잠자리에 들었다. 내일 아침은 분위기가 좀더 활기찰 것이라는 기대와 함께. 그러나 쉽사리 잠이 오지 않았다. 멀리서 시계 소리가 십오 분마다 한 번씩 울렸다. 그 소리를 제외하면 이 오래된 저택은 줄곧 정적으로 덮여 있었다.

그런데 어느 순간 한밤중의 적막을 깨는 소리가 들렸다. 여자의 울음소리 같았다. 울음소리는 금방 그쳤다. 나는 침대에서 일어나 앉아 계속 귀를 기울였다. 삼십 분 정도 기다렸지만 시계 종소리와 창 밖에서 나뭇잎 흔들리는 소리 외에는 더 이상 아무 소리도 들리지 않았다.

제 7 장

스태플턴 남매

다음 날 아침의 신선한 기운은 전날 느낀 바스커빌 저택에 대한 음울하고 불쾌한 첫인상을 어느 정도 지울 수 있게 해 주었다. 나는 아침 식사를 끝내고 나오다가, 복도에서 배리모어의 아내와 마주쳤다. 그녀는 몸집이 크고 무뚝뚝한 표정을 지닌 여자였다. 밝은 햇살에 비친 그녀의 얼굴은 퉁퉁 부어 있었고, 두 눈은 벌겋게 충혈되어 있었다.

배리모어 부인은 나를 힐끗 쳐다보았다. 그렇다면 간밤에 울었던 여자가 배리모어의 아내였단 말인가! 만약 그게 사실이라면 남편인 배리모어가 그 사실을 모를 리 없을 터였다.

조금 전 아침 식사를 할 때, 헨리 경과 나는 간밤의 기이한 울음소리에 대한 얘기를 나누었다. 나중에는 배리모어를 불러 진위를 물어보았지만, 그는 너무나도 단호한 목소리로 이렇게 말했다.

"이 집에는 여자가 두 명 있습니다. 한 명은 부엌에서 일하는 하녀인데, 잠은 밖에 있는 건물에서 자지요. 그리고 다른 한 명은 제 아내인데, 어젯밤에는 절대로 울지 않았어요. 맹세할 수 있습니다."

그렇다면 내가 들은 그 울음소리는 대체 뭐란 말인가! 배리모어가 거짓말을 하고 있는 것이 틀림없었다. 파리한 얼굴에 검은 턱수염을 기른 사내에게 벌써 수수께끼가 생기기 시작한 셈이었다. 실제로 찰스 경의 죽음에 대해 우리가 알고 있는 것은 그를 통한 것뿐이지 않은가.

리젠트가에서 보았던 마차 안의 검은 턱수염 사내가 배리모어였을까? 마부는 몸집이 더 작다고 했지만, 그건 잘못 보았을 수도 있는 일이었다. 어쩌면 검은 턱수염이 그의 진짜 수염일 수도 있다. 그날 배리모어가 런던에 있었을지도 모르기 때문이었다.

그렇다면 누군가의 사주를 받은 것일까, 아니면 자기 나름대로의 계획이 있었던 것일까? 순간 〈타임스〉지에서 잘라 낸 이상한 경고문이 생각났다. 그게 그의 짓일까? 아니면 그의 계획을 방해하려는 다른 누군가의 짓이었을까?

검토할 서류가 잔뜩 쌓여 있는 헨리 경을 두고, 나는 그 집에서 나와 혼자만의 시간을 보내기로 했다. 산책 삼아서 황무지의 가장자리를 따라 걸어 보았다.

한참을 걷다 보니 작은 마을이 하나 나타났다. 나는 홈즈가 지난번에 런던에서 배리모어에게 보낸 전보에 대해 알아보려고, 마을에서 식료품 가게를 함께 운영하고 있는 우체국장을 찾아갔다. 그는 그 전보를 분명히 배리모어에게 전달했다고 말했다.

"누가 전달했습니까?"

"제 아들이 전했죠. 얘야, 너 지난주에 배리모어 씨에게 전보를 전했지?"

"네, 아빠, 전했어요. 그런데 배리모어 아저씨가 안 계셔서 배리모어 아줌마에게 드렸어요. 아줌마가 대신 전해 주겠다고 하셨거든요."

"배리모어 아저씨를 봤니?"

내가 물었다.

"아니요, 아저씨는 다락에 있었어요. 아줌마가 그랬거든요."

"무슨 문제가 있나요? 그렇다면 배리모어 씨에게 직접 물어보시지요."

우체국장이 퉁명스럽게 말했다. 더 이상 말해 봤자 소용이 없을 것 같았다. 나는 이 사건에 대한 이런저런 생각을 하면서 그림펜 쪽으로 발길을 옮겼다.

그때 갑자기 뒤에서 누군가가 내 이름을 부르며 달려오는 소리가 들렸다. 순간 정신이 번쩍 들었다. 뒤를 돌아보니 놀랍게도 낯선 사람이었다.

키가 작고 금발인 그 사내는 입술이 얇고 턱이 뾰족했다. 나이는 서른에서 마흔 정도 되어 보였다. 어깨에는 식물이 담긴 깡통이 매달려 있었고, 손에는 곤충을 잡는 데 쓰는 녹색 곤충잡이채가 들려 있었다.

그는 숨을 헐떡이며 나한테 다가오더니 이렇게 말했다.

"실례합니다, 왓슨 박사님이시죠? 여기 황무지에 사는 사람들은 단순하답니다. 정식으로 소개받을 때까지 기다리지 못하거든요. 모티머 선생에게서 내 얘기를 들으셨는지 모르겠군요. 나는 메리핏 하우스에 살고 있는 스태플턴입니다."

"곤충잡이채와 식물 채집통을 보고 그런 줄 알았습니다. 스태플턴 씨가 생물학자라는 사실을 알고 있었거든요. 그런데 어떻게 나를 아시는지?"

"조금 전 모티머 선생 병원에 갔는데, 진찰실 창 밖으로 박사님이 지나가는 걸 보고 모티머 선생이 말해 주더군요. 가는 방향이 같으니까 뒤따라가서 인사를 해야겠다고 생각했어요. 긴 여행으로 헨리 경이 건강을 해치지는 않았는지 모르겠군요. 참, 물론 박사님께서도 바스커빌가를 괴롭히는 악마 개에 관한 얘기를 알고 계시겠죠?"

“네, 들었습니다.”

“나는 여기 시골 사람들이 그 얘기를 믿는다는 게 너무 신기합니다. 누구를 붙들고 물어봐도 그 짐승을 봤다고 큰소리칠 거예요! 찰스 경은 그 전설에 상당히 충격을 받았지요. 아무래도 그것 때문에 그분이 돌아가신 것 같아요. 돌아가시던 날 밤, 주목나무 길에서 그 개를 본 게 분명합니다. 나는 그 어른을 정말 좋아했기에 심장이 약하다는 것을 알고 항상 걱정을 했지요.”

“그 사실은 어떻게 알았습니까?”

“모티머 선생이 알려 줬어요.”

“그렇다면 당신은 그때 어떤 개가 찰스 경을 쫓아왔고, 그 때문에 그분이 돌아가셨다고 생각하시는군요?”

“그것 말고 달리 설명할 길이 있습니까, 왓슨 박사님?”

“난 아직 아무런 결론에도 도달하지 못했습니다.”

“홈즈 탐정님은 어떤 결론을 내렸을까요?”

그 말에 나는 잠시 숨이 멎는 듯했다. 하지만 스태플턴의 침착한 표정으로 봐서는 나를 놀라게 하려는 의도는 하나도 없는 듯했다.

“왓슨 박사님, 모르는 체해 봐야 소용없습니다. 박사님이 이곳에 왔다는 사실은 홈즈 탐정이 이 사건에 관심이 있다는 얘기지요. 그러니 내가 그분의 생각이 어떤지 궁금해 하는 것은 당연하지 않습니까?”

"죄송하지만 그 질문엔 대답할 수가 없군요."

"홈즈 탐정님이 직접 이곳을 방문하실까요?"

"그는 다른 사건 때문에 런던을 떠날 수 없습니다."

"유감스럽군요. 그렇지만 왓슨 박사님이 사건을 조사하는 데 필요한 것이 있으면 뭐든지 기꺼이 도움을 드리겠습니다."

"스태플턴 씨, 나는 단지 헨리 경을 방문하러 온 것이기 때문에 다른 도움은 필요 없습니다."

"아, 그렇군요. 당연히 신중하게 행동하셔야지요. 그럼 나도 앞으로는 이 일에 대해 절대로 얘기를 꺼내지 않겠습니다."

어느새 우리는 두 갈래로 나누어진 좁은 풀밭 길에 도착했다. 그 너머로는 오솔길이 황무지로 연결되어 있었다.

"이 오솔길을 따라가면 메리핏 하우스가 나옵니다. 한 시간 정도 머물렀다 가시지 않겠습니까? 내 여동생도 소개해 드리고 싶어서요."

나는 주변에 사는 이웃들을 잘 살피라고 했던 홈즈의 당부가 떠올라 그의 초대를 기꺼이 받아들였다.

"황무지는 정말 멋진 곳입니다. 결코 싫증나지 않아요. 황무지에 얼마나 엄청난 비밀이 묻혀 있는지 상상도 못하실 겁니다. 여기 와서 살게 된 지 이 년밖에 되지 않았지만, 나만큼 황무지를 잘 알고 있는 사람도 없을 거예요. 취미 삼아 이곳을 아주 샅샅이 탐색했으니까요. 저기 밝은 초록빛을 띤 곳이 보이세요?

언뜻 보면 다른 곳에 비해 비옥해 보이지만, 바로 저곳이 그 유명한 그림펜 늪이지요. 한 발자국만 잘못 디디면 곧바로 죽음에 이른다고 생각하면 됩니다. 황무지에서 키우는 말들 중 한 놈이 저 늪에 빠져 허우적거리는 것을 봤어요. 다시는 밖으로 나오지 못하더군요. 늪이 삼켜 버린 거지요. 하지만 나는 저 늪의 한 가운데까지 들어가서 살아 돌아오는 길을 알고 있어요. 맙소사! 저기, 가엾은 말 한 마리가 또 들어가는군요!"

정말로 갈색을 띤 물체가 초록색 진흙탕 같은 데서 뒹굴며 허우적대고 있었다. 그 물체는 필사적으로 목을 길게 빼는가 싶더니, 이내 황무지 전역에 울려 퍼질 만큼 크고 끔찍한 비명 소리를 내지르면서 사라졌다.

"저놈도 가는군요! 늪이 순식간에 삼켜 버렸네요. 날씨가 건조하면 말들이 그쪽으로 가는 습관이 있어요. 그러다가 비가 오면 늪으로 빨려 들어가고 말지요. 정말이지 무시무시한 곳이에요. 저 거대한 그림펜 늪 말입니다."

"그런데 당신은 저곳을 건널 수 있다는 말이오?"

"네, 아주 민첩한 사람만이 갈 수 있는 길을 찾아냈습니다. 저기 낮은 구릉들 보이세요? 사실 저것들은 섬이에요. 사면이 늪으로 둘러싸여 있지요. 저기에 희귀 식물과 곤충들이 많이 살고 있습니다."

바로 그때 황무지 전역에 길고 낮은 울음소리가 깔렸다. 왠지

기분 나쁜 그 소리는 깊은 신음 소리로 변했다가 다시 낮고 음
울한 소리로 바뀌더니, 점점 희미해지면서 마침내 완전히 사라
져 버렸다.

스태플턴은 야릇한 표정으로 나를 바라보았다.

"저게 무슨 소리죠?"

내가 물었다.

"이 고장 사람들은 전설 속에 등장하는 바스커빌 가문의 개가
내는 소리라고 하지요. 전에도 두어 번 들은 적이 있습니다. 하
지만 이렇게 큰 소리는 처음이군요."

"당신은 교육받은 사람입니다. 그런 얼토당토않은 얘기를 믿
으시는 건 아니겠지요? 대체 저 소리가 어디서 난다고 생각하십
니까?"

"저 늪은 가끔 이상한 소리를 낸답니다. 진흙이 가라앉거나 물
이 올라오는 소리, 아니면 그 비슷한 것들이겠지요."

"그게 다가 아닌 것 같은데요. 아까 그건 분명히 살아 있는 생
명체의 소리였습니다."

"어쩌면 그럴지도 모르죠. 그런 소리를 내는 희귀한 새들도 있
으니까요. 그런 새들의 울음소리를 들었다고 생각하면 그리 놀
랄 일도 아니지요. 황무지에서는 어떤 일이든 일어날 수 있으니
까요."

"내 평생 저렇게 괴이한 소리는 처음이오."

"그래요, 이곳은 정말 괴이한 곳입니다. 저기, 언덕에 있는 비탈을 보세요. 저것들이 뭐라고 생각하십니까?"

그러고 보니, 가파른 언덕 전체에 잿빛 바위들이 둥근 모양을 이루며 쌓여 있었다. 그렇게 만들어진 원이 적어도 스무 개는 되어 보였다.

"저것들은 뭡니까? 양 우리인가요?"

"아뇨, 원시 시대 사람들이 살던 집터지요. 그들은 이 황무지에 정착해서 살았어요. 이쪽 언덕에서 가축을 키우며 살다가 석기 시대가 끝나고 철기 시대가 시작될 즈음엔 주석을 캐기도 했지요. 왓슨 박사님, 여기 황무지에 있다 보면 정말 기이한 일들에 대해 많이 아시게 될 겁니다. 아, 잠깐만요."

그때 작은 파리 한 마리가 오솔길 위를 날아갔다. 그러자 스태플턴은 눈 깜짝할 사이에 그 파리를 쫓아갔다. 놀랄 만한 속도였다. 파리가 광활한 늪 위로 날아간 뒤에도 멈추지 않고 계속해서 달려갔다. 그는 녹색 곤충잡이채를 흔들며 이리 뛰고 저리 뛰었다. 나는 제자리에 서서 숨을 죽인 채 그 모습을 지켜보았다. 그가 위험한 늪 속으로 발이라도 헛디딜까 봐 걱정스러웠다.

그때 발자국 소리가 들려 뒤를 돌아보니 여자 한 명이 가까이 다가와 있었다. 나는 직감적으로 그녀가 스태플턴 양이라는 사실을 알아차렸다. 황무지에 사는 숙녀가 거의 없는 데다 미인이라는 얘기를 들었기 때문이다.

그녀를 보니 그들만큼 생김새가 닮지 않은 남매를 찾기도 힘들 것 같다는 생각이 들었다. 오빠는 밝은색 머리칼에 회색 눈이었는데, 여동생은 영국인에게서는 보기 드문 짙은 머리색에 검은 눈동자였다. 그리고 꽤 도도한 인상이었다. 그녀의 검은 눈동자는 왠지 모르게 뭔가를 갈망하는 듯했다. 늘씬한 몸매에 세련된 옷차림이 황무지의 한적한 오솔길에서는 오히려 낯설어 보였다.

내가 모자를 벗어 들고 인사를 하려는 순간, 그녀가 대뜸 말을 건넸다.

"돌아가세요. 지금 이 길로 런던으로 돌아가시라고요. 지금 당장요!"

나는 깜짝 놀라서 여자의 얼굴을 멍하니 바라보았다.

"내가 왜 돌아가야 합니까?"

"설명할 수 없어요!"

그녀는 나직한 소리로 다급하게 말했다.

"제발 시키는 대로 하세요. 돌아가세요. 그리고 다시는 이 황무지에 발을 들여놓지 마세요."

"난 이제 막 도착했습니다."

"선생님을 위해 경고하고 있다는 걸 모르시겠어요? 런던으로 돌아가시라니까요! 쉿, 오빠가 오고 있어요. 지금 내가 한 말을 오빠에겐 한마디도 하지 마세요."

스태플턴은 파리 쫓는 일을 포기하고 돌아왔다.

"베릴! 네 소개를 직접 한 모양이로구나."

"예, 헨리 경에게 이 황무지의 진정한 아름다움을 보기에는 좀 늦은 감이 있다고 말씀드리고 있던 참이었어요."

"도대체 넌 이분이 누구라고 생각하는 거지?"

"헨리 바스커빌 경이 아닌가요?"

"아니, 아니요. 나는 그분의 친구예요. 나의 이름은 왓슨입니다."

"어머나, 그럼 내가 실수를 했군요. 어쨌든 메리핏 하우스를 구경하러 오실 거죠, 그렇죠?"

나는 그녀의 말에 고개를 끄덕여 보였다.

잠시 후, 우리는 외따로 서 있는 석조 주택에 도착했다. 집 주위의 나무들은 전부 키가 작고 뒤틀려 있었다. 그래서 그런지 전체적인 분위기가 괴괴해 보였다. 순간 이렇게 교육을 많이 받은 남자와 이토록 아름다운 여자가 왜 이런 곳에서 살고 있는지 의아한 생각이 들었다.

"우리가 좀 특이한 곳을 택했죠, 안 그래요?"

스태플턴이 마치 내 의문에 답이라도 하듯 말했다.

"우리는 여기서 제법 행복하게 사는 법을 터득했답니다. 안 그러냐, 베릴? 한때는 영국 북부에서 학교를 운영했던 적도 있었지요. 하지만 운명의 여신은 우리 편이 아니더군요. 학교에 무서운 질병이 돌아서 남학생 세 명이 사망했어요. 학교는 더 이상 회복할 수 없는 상태가 되었고, 금전적으로 큰 손실을 입었지요. 하지만 이곳에 와서 아무런 제한 없이 할 수 있는 연구 분야를 발견했어요. 내 동생도 나처럼 자연에 관심이 많아요. 우리에겐 책이 있고 연구할 거리가 있으며 재미있는 이웃이 있지요. 자기 분야에서 교육을 아주 많이 받은 모티머 선생 같은 사람도 있고, 돌아가신 찰스 경도 훌륭한 이웃이었고요. 우리는 그분과 친하게 지냈어요. 말할 수 없을 만큼 그분이 그립군요. 참, 오늘 오후에 바스커빌 저택을 방문해도 될까요? 헨리 경과 인사를 나누고 싶은데……."

"헨리 경이 기뻐할 겁니다."

"그럼 내가 찾아뵙겠다고 전해 주십시오. 왓슨 박사님, 이층으로 가서 나비 표본을 감상하시죠. 모두 직접 모은 것입니다. 보시고 나면 점심 준비가 다 될 것 같군요."

그러나 나는 원래 내가 있어야 할 자리로 돌아가고 싶은 마음이 간절했다. 황무지의 황량함과 운 나쁜 말의 죽음, 바스커빌가와 관련된 이상한 소문 등이 마음을 편치 않게 했다. 그리고 스태플턴 양이 그토록 심각하게 경고했던 일이 꺼림칙하게 여겨졌다. 뭔가 심상치 않은 이유가 있는 게 분명했다.

나는 점심 식사를 하고 가라는 스태플턴의 청을 마다하고 불안감으로 잔뜩 무거워진 마음을 안은 채 바스커빌 저택으로 걸어가고 있었다. 그런데 어딘가에 지름길이 있었던 것일까? 내가 갈림길에 막 도착했을 때, 뜻밖에도 길 옆에 있는 바위 위에 스태플턴 양이 앉아 있었다.

"당신을 만나려고 달려왔어요."

그녀가 말했다. 온 힘을 다해 달려왔는지 얼굴이 발그레하게 상기되어 있었다.

"빨리 가 봐야 해요. 오빠가 찾을 테니까요. 당신을 헨리 경으로 잘못 알아서 죄송해요. 아까 내가 한 말은 듣지 않은 걸로 해 주세요, 제발."

"그럴 수 없습니다, 스태플턴 양. 나는 헨리 경의 친구입니다. 친구가 위험에 처하는 것을 두고 볼 수는 없어요. 헨리 경이 왜 이곳에서 하루라도 빨리 떠나야 하는지, 그리고 왜 그가 런던으로 돌아가는 일에 당신이 그렇듯 집착하는지 그 이유를 알아야겠습니다."

"왓슨 박사님, 내 말을 너무 심각하게 받아들이시는군요. 그저 변덕이 심한 여자의 쓸데없는 말이라 생각하고 잊어 주세요. 오빠와 나는 찰스 경과 아주 친밀했기 때문에 그분의 죽음에 큰 충격을 받았지요. 그 죽음에는 어떤 위험이 도사리고 있다는 느낌을 떨칠 수가 없었어요. 그래서 바스커빌 저택의 후계자가 내려온다고 했을 때, 그분에게 알려드려야 한다고 생각했을 뿐이에요."

"그 위험이 대체 무엇입니까?"

"박사님은 혹시 바스커빌 가문에 전해 내려오는 전설을 아시나요?"

"나는 그런 말도 안 되는 얘기를 믿지 않습니다."

"나는 믿어요. 그러니 가능하다면 헨리 경이 이곳을 떠나도록 도와주세요. 자세히 알지 못해서 확실하게 말씀드릴 수 없지만 틀림없이 위험한 일이 일어날 거예요. 그리고 내가 이런 얘기를 했다는 것을 오빠가 알면 몹시 화낼 거예요. 오빠는 그 저택에 사람이 살기를 무척이나 바라고 있으니까요. 그럼 이만 가 보겠어요. 안녕히 가세요."

그녀는 재빠르게 사라졌다. 나는 알 수 없는 두려움을 느끼며 바스커빌 저택으로 향하는 발걸음을 재촉했다.

제 8 장

한밤중의 발자국 소리

이제부터는 지금 내 앞의 탁자 위에 놓여 있는, 즉 홈즈에게 보냈던 편지로 사건 경위에 대한 보고를 대신하려 한다. 이 편지 안에는 지금의 내 기억보다 훨씬 더 생생히 그때의 상황이 담겨 있다.

10월 13일, 바스커빌 저택

친애하는 홈즈에게

앞서 보냈던 편지를 통해 나는 이 먼 오지에서 일어난 일들을 빠짐없이 자네에게 보고했네. 하지만 황무지에 은신 중인 탈옥수 이야기는 거의 하지 않았을 걸세.

그자가 탈옥한 지 이 주가 지났는데, 그를 보았다거나 그의 소식을 들었다는 사람은 아무도 없다네. 물론 돌로 된 선사 유적지 안에 숨어 있을 수도 있지만, 그곳에는 먹을 것이 전혀 없다는군. 그가 황무지에 풀어 놓는 양이라도 잡아먹는다면 모르겠지만 말일세. 그런 이유로 다들 탈옥수가 이곳을 떠났을 거라 생각하고 마음을 놓고 있지.

우리의 친구 헨리 경은 매혹적인 이웃 아가씨에게 관심을 보이기 시작했네. 그녀는 열정적이고 이국적인 느낌을 주는 아름다운 여인이기 때문에 처음부터 강하게 끌렸던 것 같네. 우리는 그들 오누이와 빠르게 친해지고 있다네. 오늘 저녁 바스커빌 저택에서 식사를 함께했는데, 다음 주에는 자기네 집으로 오라는 얘기가 나올 정도니 말일세.

만약 두 사람이 결혼한다면 스태플턴이 무척 기뻐할 거라고 다들 생각하겠지만, 정작 그는 헨리 경이 자기 누이와 다정하게 얘기를 나누고 있는 모습을 볼 때마다 분노 어린 표정을 짓곤 한다네.

자네는 헨리 경 혼자서 밖으로 나다니는 일이 없도록 하라고 당부했네만, 우리 앞에 놓인 어려움에 이들의 연애 사건까지 더해진다면 자네의 요구대로 하기가 쉽지 않을 걸세. 만약 내가 헨리 경의 모든 행동에 참견을 한다면 그가 분명 싫어하지 않겠나.

지난 목요일에는 모티머 선생과 점심을 함께했는데, 식사를 마친 후 그가 우리를 주목나무 오솔길로 데려갔다네. 그곳에서 사건이 일어난 경위를 자세히 알려 주었지. 길 양쪽에 좁다랗게 잔디가 깔려 있고 울타리가 높이 쳐져 있는 주목나무 오솔길은 참 길고 음산하더군. 그 길 끝에는 금세라도 쓰러질 듯이 낡은 별장이 있었고, 중간에는 찰스 경이 담뱃재를 떨어뜨린 흰색 나무문이 있었다네. 바로 황무지로 나가는 쪽문이지.

나는 예전에 자네가 들려준 가정을 떠올려 머릿속으로 상황을 그려 보았다네. 찰스 경은 어떤 존재에 위협을 느끼고 그쪽으로 급하게 도망친 걸까? 짐승일까, 사람일까? 정말 전설 속에 등장하는 검은 사냥개일까? 뭔가 감추고 있는 듯한 배리모어가 관련되어 있는 것은 아닐까? 아쉽게도 분명한 것은 하나도 없다네.

그리고 프랭클랜드라는 또 다른 이웃을 알게 되었다네. 그는 바스커빌 저택에서 남쪽으로 육 킬로미터 정도 떨어진 곳에 살고 있는데, 얼굴이 불그스름한 백발의 노인으로 화를 아주 잘 내는 사람이더군. 프랭클랜드는 영국의 법을 가장 좋아하지. 그래서 소송이 취미라 할 수 있을 정도로 다양한 법률 문제에 얽혀 있다네. 그것 때문에 재산을 다 탕진했다는 소문이 있네.

지금 프랭클랜드는 한 가지 일에 완전히 몰두하고 있는데, 그일이란 바로 황무지를 살펴보는 것이지. 그는 아마추어 천문학자라 아주 좋은 망원경을 갖고 있어. 그것을 자신의 집 지붕 위에 설치해 놓고, 하루 종일 황무지를 살펴보면서 탈옥수를 찾는 데 총력을 기울이고 있다네. 어쨌든 그는 이곳에서의 생활이 지루하지 않도록 도와주는 독특한 인물이야.

그리고 배리모어 부부에 대해 미처 하지 못한 말이 있다네. 우선 자네가 배리모어의 소재를 확인하려고 런던에서 보낸 전보에 대해, 헨리 경이 배리모어를 불러 단도직입적으로 물어보았다네.

배리모어는 전보를 배달하는 소년한테 직접 받지는 못했지만, 분명히 받았다고 대답했지. 그러면서 왜 그 일이 문제가 되는지 모르겠다면서 다소 언짢은 듯한 표정을 지어 보였다네. 그러자 헨리 경은 그의 마음을 달래기 위해 자기가 예전에 입던 옷들을 잔뜩 꺼내 주었지. 런던에서 새로 산 옷들이 이제 막 도착했거든.

참, 배리모어의 아내는 아주 흥미로운 여자일세. 과묵하고 듬직한 사람이야. 그 여자보다 말수가 적은 사람을 본 적이 없네. 그런데 이상하게도 그녀의 얼굴에서 종종 눈물 자국이 보인다네. 가슴속에 뭔가 깊은 슬픔이 가득한 것 같아. 말 못할 죄를 지은 게 아닐까 싶기도 하고, 배리모어가 아내를 학대하는 게 아닐까 의심이 들기도 한다네.

배리모어, 그에게는 항상 뭔가 미심쩍은 게 느껴지거든. 사실은 바로 어젯밤에 있었던 작은 사건 때문에 더욱 그런 확신이 들었지. 자네도 알다시피 내가 잠을 깊이 못 자는 성격 아닌가? 이 집의 경호를 맡은 후로는 더더욱 깊은 잠을 잘 수가 없게 되었다네.

어젯밤에는 새벽 두 시경에 내 방문 앞을 지나가는 발자국 소리에 잠이 깼지. 조심스럽게 방문을 열고 복도를 내다보았더니, 검은 그림자 하나가 길게 드리워져 있더군. 그 그림자는 손에 촛불을 들고 맨발로 통로를 내려가고 있었는데, 체격을 보니 영락없는 배리모어였어.

그는 소리를 죽인 채 발걸음을 옮겨, 복도 끝에 있는 여러 개의 문들 중 하나로 들어갔다네. 나는 그를 따라 복도를 살금살금 걸어가서, 문틈 사이로 그가 무엇을 하는지 지켜보았다네.

배리모어는 촛불을 유리창에 가까이 댄 채 몸을 숙이고 있었지. 그는 창 밖을 뚫어져라 쳐다보고 있었는데, 창 밖으로는 칠흑 같은 어둠 속에 묻힌 황무지밖에 없었어. 그렇게 한동안 어둠 속을 응시하더니 깊은 한숨을 내쉬고 촛불을 껐다네.

나는 얼른 내 방으로 돌아와 침대에 누웠지. 곧 되돌아오는 발자국 소리가 들리더군. 그러더니 잠시 후 어딘가에서 문이 열리는 소리가 들렸네.

무슨 일인지 영문을 알 수는 없지만 이 음침한 집에서 뭔가 비밀스러운 일이 벌어지고 있는 게 분명해. 헨리 경과 이 문제를

의논한 다음 계획을 세웠다네. 지금은 이 계획에 대해 말하지
않겠네. 그래야 자네가 다음 편지를 애타게 기다릴 것 아닌가.

제 9 장

미 행

10월 15일, 바스커빌 저택

친애하는 홈즈, 보게나.

내가 이곳에 도착한 후로 자네에게 소식을 자주 전하지 못했구먼. 사실 그다지 전할 만한 소식이 없었기 때문이야. 그런데 그걸 보상이라도 하듯이, 요사이 사건들이 한꺼번에 터지고 있다네.

지난번 편지는 배리모어가 밤에 황무지를 내려다보는 얘기로 끝이 났었지? 그 일과 관련해서 굉장한 얘기가 있다네. 자네도 깜짝 놀랄 만한 일들이 차례로 일어났지. 여러 가지 일들이 한

꺼번에 일어나는 바람에, 이틀 전보다 상황이 더 분명해진 부분
도 있고 더 복잡해진 부분도 있다네. 아무튼 자네에게 모두 얘
기할 테니 알아서 판단해 보게.

배리모어가 밤마다 돌아다니고 있다는 사실을 알고 난 다음
날, 나는 아침 식사 전에 그가 전날 밤에 들어갔던 방을 살펴보
았다네. 그러던 중, 배리모어가 밖을 내다보던 창문으로 바라다
보이는 풍경이 다른 창문에서는 다르다는 사실을 알아냈어. 그
창문으로는 황무지가 아주 가깝게 바라보였다네. 두 그루의 나
무 사이로 황무지가 곧장 내려다보이는 거지. 다른 창문으로는
황무지가 바로 보이지 않고 먼 풍경처럼 보이거든.

그렇다면 배리모어가 굳이 이 창문 앞에서 밖을 내다본 이유
는 황무지에 있는 뭔가를, 아니면 특정한 누군가를 살펴보기 위
한 행동이 아니었을까? 하지만 지난밤은 아주 어두웠기 때문에
배리모어가 창문 너머로 그 어떤 것도 볼 수 없었을 걸세.

혹시 배리모어가 아내 말고 다른 여자를 만나는 것은 아닐까?
그렇게 생각한다면 그가 무언가를 감추고 있는 듯이 행동한 것
이나, 그의 아내가 불안해 하는 것이 다 맞아떨어지거든. 게다가
배리모어는 순진한 시골 처녀의 마음을 사로잡기에 충분할 정
도로 잘생겼기 때문에 이런 추측이 아주 엉뚱하다고만은 할 수
없다네.

내가 침대로 돌아왔을 때 들었던 문 여는 소리는 그가 숨겨 놓

은 여자와의 은밀한 약속을 지키기 위해 밖으로 나가는 소리가 아니었을까? 나름대로 추리를 해 보긴 했지만 뒷받침할 만한 근거는 전혀 없다네.

배리모어의 그런 행동이 어떤 이유에서 비롯되었든 간에, 나 혼자서만 알고 있기에는 무척 힘든 일이었다네. 그래서 아침을 먹고 난 후 헨리 경에게 내가 목격한 내용을 전부 들려주었지. 그러자 그는 이렇게 말했지.

"나는 배리모어가 밤마다 집 안을 돌아다니는 걸 알고 있었어요. 그래서 기회가 닿으면 그에게 한번 물어볼 생각이었죠. 사실 나도 요 며칠 왓슨 박사가 얘기한 그 시간 즈음에 배리모어가 복도를 왔다갔다하는 소리를 몇 차례 들었습니다."

"밤마다 그 창문을 찾아가는 모양이군요."

"아무래도 그런 것 같습니다. 그럼 우리, 배리모어의 뒤를 따라가서 무엇을 하는지 알아내는 것이 어떨까요? 만약 홈즈 탐정이 여기 있다면 어떻게 할까요?"

나는 자신 있게 대답했지.

"홈즈 역시 마찬가지일 겁니다. 배리모어가 무엇을 하는지 알아내려고 할 거예요."

"그러면 우리 둘이 오늘 밤에 미행을 하면 되겠군요."

"하지만 우리가 따라가는 것을 눈치채지 않을까요?"

"배리모어는 귀가 약간 어두워요. 그리고 들키더라도 한번 해 봐야 하지 않겠어요? 오늘 밤 그가 밖으로 나올 때까지 내 방에서 기다립시다."

헨리 경은 두 손을 비비며 기뻐하더군. 황무지에서 지내는 단조로운 생활에 이 사건이 활력소가 된다고 생각하는 것이 분명해 보였네.

그리고 헨리 경은 요즘 이 집을 설계한 설계사와 런던에서 불러들인 건축업자와 얘기를 나누고 있다네. 플리머스의 실내 장식가와 가구업자도 들락거리고 있고……. 그들은 모두 예전에 찰스 경에게 의뢰를 받아 일했던 사람들이지. 따라서 조만간 이곳은 크게 변할지도 모르겠네.

아마도 우리 친구 헨리 경은 가문의 위엄을 되살리기 위해 비용과 수고를 아끼지 않을 생각인 것 같네. 저택의 개조와 가구 배치가 끝나고 나면, 경에게 필요한 것은 이 모든 것을 함께할 아내뿐이지. 헨리 경이 아름다운 스태플턴 양과 함께 있는 모습을 보면, 어쩌면 저렇게 깊이 빠져들 수 있는지 신기할 뿐이라네. 그녀가 그의 마음을 받아들인다면 모든 것이 확실해질 텐데 말야.

그렇지만 헨리 경이 사랑에 이르는 길은 예상보다 훨씬 험난하다네. 오늘 아침에만 해도 전혀 예상치 못한 일이 벌어져서 우리 친구가 굉장히 곤혹스러워했거든. 아침에 헨리 경은 나하고 얘기를 마치자마자 모자를 쓰고 외출할 준비를 하더군. 나도 그가 하는 대로 따라 했지.

"아니, 왓슨 박사! 당신도 가려고요?"

"홈즈가 헨리 경 혼자서는 황무지에 나가지 말라고 경고하지 않았습니까?"

"왓슨 박사."

헨리 경은 싱긋 웃으면서 한 마디 하더군.

"홈즈 탐정이 현명한 분이긴 하지만, 내가 이곳에 온 후에 일어난 일들은 예상하지 못했습니다. 내 말뜻을 이해하시겠습니까? 난 혼자 가야겠어요."

난 정말 입장이 난처했다네. 그는 내가 뭐라고 대꾸하기도 전에 지팡이를 집어 들고 나가 버리더군. 하지만 난 그를 혼자 보내서는 안 된다고 생각했네. 그래서 메리핏 하우스가 있는 방향으로 서둘러 따라갔지.

황무지에 접어드는 오솔길로 갈라지는 지점에 도착했을 때, 길을 잘못 든 것 같아서 더럭 겁이 났다네. 그래서 전망이 잘 보이는 언덕 위로 올라갔지. 그러자 멀지 않은 곳에 서 있는 헨리 경의 모습이 눈에 들어오더군. 스태플턴 양으로 보이는 숙녀가 그의 옆에 있었고…….

두 사람은 미리 약속을 했던 게 분명해 보였네. 길을 걸으면서 뭔가 열심히 얘기를 나누더군. 주로 말을 하는 쪽은 스태플턴 양이었고, 헨리 경은 가끔씩 고개를 끄덕이며 귀를 기울이고 있었지. 나는 어찌할 바를 모르고 언덕 위의 바위틈에 서 있었어. 두 사람에게 접근해서 그들의 대화를 방해하는 것은 차마 사람이 할 짓이 아니지 않나?

뒤를 밟는 일은 결코 하고 싶지 않았지만 자네가 나에게 맡긴 임무를 충실히 수행하기 위해 헨리 경의 모습에서 잠시도 눈을 떼지 않았지. 그리고 나중에 헨리 경에게 모두 털어놓고 양심의 짐을 덜어 낼 생각이었네.

그런데 문득 그들을 주시하고 있는 사람이 나뿐만이 아니라는 사실을 깨달았네. 건너편 공중에 떠 있는 초록색 물체가 언뜻 눈에 띄었거든. 바로 스태플턴의 곤충잡이채였지. 그는 나보다 그들과 훨씬 더 가까운 곳에 있었다네. 그는 천천히 연인들을 향해 움직이고 있었어.

그때 갑자기 헨리 경이 스태플턴 양을 자기 옆으로 바짝 끌어당겼네. 헨리 경이 그녀의 허리를 감싸 안았지만, 여자는 그의 팔에서 빠져나가려고 애쓰는 것처럼 보였어. 그러더니 갑자기 두 남녀가 후다닥 떨어지면서 얼른 뒤를 돌아보더군.

스태플턴이 두 사람을 향해 씩씩거리며 달려가고 있었기 때문이었지. 그가 연인들 앞에서 흥분하는 모습은 마치 춤을 추는 것 같았다네. 어떤 내용인지는 모르겠지만 스태플턴이 헨리 경을 향해 고래고래 소리를 지르는 것 같았네. 헨리 경이 뭔가 설명을 하려 했지만, 그는 들은 체도 하지 않고 점점 더 화를 내는 듯했어.

잠시 후 헨리 경이 어쩔 수 없다는 듯한 표정으로 터벅터벅 되돌아오더군. 난 도무지 무슨 영문인지 알 수가 없었네. 그래서 언덕을 달려 내려가 헨리 경을 불러 세웠지. 그리고 왜 뒤를 밟을 수밖에 없었는지, 어떻게 해서 조금 전에 있었던 일들을 전부 목격하게 되었는지 설명했네. 내가 너무 솔직하게 말하자 그는 웃음을 터뜨리더군.

"이것 참, 내가 고백하는 모습을 온 마을 사람들이 다 지켜보고 있었나 보군요! 다 보셨다니 아시겠지요. 왓슨 박사는 그녀의 오빠가 미친 것 같다는 생각을 해 본 적 없나요? 도대체 내가 뭐가 문제죠? 내가 사랑하는 여자에게 좋은 남편감이 되지 못할 이유라도 있나요?"

"그렇지 않지요."

"그녀를 알게 된 지는 비록 몇 주밖에 되지 않지만, 처음부터 내 배필이라는 느낌을 받았소. 단연코 그녀도 나와 함께 있을 때 행복해 했고요. 하지만 스태플턴 씨는 우리 둘만 있게 내버려 두는 법이 없다니까요. 오늘 처음으로 그런 기회를 가졌던 거요. 스태플턴 양은 이곳이 위험하다는 말만 계속 반복하더군요. 그리고 내가 이곳을 떠나야만 자기가 행복해질 거라고⋯⋯. 나는 그녀와 함께가 아니라면 이곳을 떠나지 않겠다고 했어요.

그리고 나서 청혼을 했습니다. 그녀가 채 대답도 하기 전에 오빠라는 작자가 미친 사람 같은 얼굴로 나타난 겁니다. 화가 나서 얼굴이 하얗게 질려서 말입니다. '자기 여동생에게 무슨 짓을 했느냐? 어떻게 감히 그럴 수가 있느냐? 원하는 거라면 뭐든지 할 수 있는 지위에 있다고 생각하는 거냐?'며 길길이 뛰더군요. 그러자 나도 화가 치밀어서, 필요 이상으로 거칠게 대꾸하고 말았지요.

왓슨 박사도 보았다시피, 그가 어리둥절해 있는 나를 남겨 두고 자기 여동생을 데리고 떠난 후에야 일이 일단락된 겁니다. 왓슨 박사, 도대체 이런 상황을 어떻게 이해해야 하는지 말씀 좀 해 주십시오. 그렇게만 해 주면 그 은혜를 잊지 않겠소."

사실 나도 혼란스러웠다네. 우리의 친구 헨리 경은 재산이나 나이, 성격, 외모 모두 어디 내놔도 빠질 게 없지 않나? 그의 가문에 걸려 있는 암울한 운명만 아니면 전혀 나무랄 데가 없지. 그런데 그의 구애가 그녀 자신의 의사와 상관없이 묵살당한 것과 스태플턴 양이 그 상황을 담담하게 받아들이는 것이 이해가 되지 않았어.

우리의 이런 의문은 그 날 오후 스태플턴의 방문으로 이내 풀렸다네. 스태플턴은 그 날 아침에 했던 자신의 무례한 행동을 사과하러 왔더군. 두 사람은 일단 화해를 하는 것 같아 보였지. 실제로 화해의 의미로, 다음 주 금요일에 메리핏 하우스에서 저녁을 먹기로 했다네.

헨리 경은 이렇게 말하더군.

"그렇다고 스태플턴 씨가 정상이라고 믿을 수는 없소. 오늘 아침 나를 향해 달려올 때의 그 눈빛을 잊을 수가 없어요. 그는 자기 누이가 인생의 전부라고 하더군요. 그래서 누이를 잃는다는 생각만 하면 너무 끔찍하다고 합니다. 내가 자기 누이를 좋아하게 될 것이라고는 상상도 못했다고요.

하지만 자기 눈으로 직접 그 사실을 확인하게 되자, 심한 충격을 받아서 한동안 자신이 무슨 말을 하는지도 몰랐다는 거예요. 또 자신의 누이동생처럼 아름다운 여인이 평생 자기 옆에 있을 거라고 믿었다는 게 얼마나 이기적인 생각인지 깨달았답니다. 어차피 그녀가 다른 남자에게 가야 한다면 차라리 서로 잘 알고 지내는 이웃에게 보내는 편이 낫다고 말하더군요.

그러나 자신이 마음의 준비를 할 시간이 필요하다고 하더라고요. 내가 결혼 얘기를 꺼내지 않고 석 달 동안만 누이동생과 사랑이 아닌 우정을 나눈다고 약속한다면, 우리 둘이 결혼하는 걸 반대하지 않겠다고 했어요. 내가 그렇게 하겠노라고 약속하자 이 문제는 금방 마무리되었지요."

이렇게 우리의 작은 수수께끼 하나가 풀렸다네. 그럼 이제 뒤엉킨 실타래의 다른 한 가닥으로 넘어가야 할 차례인 것 같네. 그것은 배리모어와 관련된 일이지.

어젯밤 나는 헨리 경과 함께 배리모어가 나오기를 기다리고

있었네. 시간은 참 더디게 흘러가더군. 시계가 두 시를 쳤을 때
는 거의 절망적인 상태가 되어 포기해 버리고 싶은 심정이 굴뚝
같았지. 그런데 그때 복도에서 발자국 소리가 들려왔네. 곧 발자
국의 주인이 우리가 있던 방 앞을 지나가더군.

우리는 방문을 살며시 열고 조용히 뒤따라갔지. 배리모어가
든 촛불이 이미 복도의 모퉁이를 돌아선 다음이었기 때문에 주
위는 칠흑같이 어두웠네. 이윽고 맞은편 복도에 배리모어의 큰
키와 검은 턱수염이 나타났네. 우리는 맞은편 복도를 향해 살금
살금 걸어갔지. 그 역시 몸을 바싹 움츠린 채 살며시 걸어가더
군. 그리고 지난번의 그 방으로 들어갔네.

마침내 그 방문 앞에 이르러 문틈으로 안을 들여다보니, 배리
모어가 창문에 붙어 서 있는 모습이 보였네. 한 손에 촛불을 든
채, 약간 긴장한 듯이 보이는 하얀 얼굴을 유리창에 바짝 붙이
고 있었지.

그때 헨리 경이 작심한 듯 인기척을 내면서 안으로 들어갔다
네. 배리모어는 뒤를 돌아보더니 비명을 지르면서 한 걸음 물러
서더군. 얼굴이 새하얗게 질리면서 온몸을 부들부들 떨었다네.
그의 눈에는 공포와 놀라움이 가득했지.

"배리모어, 여기서 뭘 하고 있는 겐가?"

"아, 아무것도 아닙니다, 주인님."

그는 말조차 제대로 할 수 없을 정도로 떨고 있었네. 그의 떨

리는 손 때문에 촛불 그림자가 아래위로 마구 흔들렸지.

"어서 바른 대로 말하지 못하겠나! 거짓말할 생각 말고. 그 창문 앞에서 뭘 하고 있었지?"

"차, 창문이 잘 닫혀 있는지 문단속을 하고 있었습니다."

"그럼 왜 촛불을 든 채 한참 동안 서 있었던 거지?"

"주인님, 말씀드릴 수가 없습니다. 이건 저의 비밀이 아니기 때문입니다."

"어서 말하게, 배리모어!"

그때 문득 내 머릿속을 스쳐 가는 생각이 있었다네. 그래서 배리모어를 다그치는 헨리 경에게 이렇게 말했지.

"뭔가 신호를 보내고 있었던 게 틀림없습니다. 응답이 있는지 한번 보지요."

나는 어두컴컴한 바깥쪽을 내다보며 창문 위로 불빛을 이리저리 움직여 보았네. 그러자 어둠 속에서 노란 불빛 한 점이 보이지 뭔가? 이윽고 그것도 따라 움직이기 시작하더군. 헨리 경이 말했지.

"저걸 보게! 이래도 신호가 아니라고 할 텐가? 어서 털어놓게! 대체 무슨 일인가?"

"말씀드릴 수 없습니다."

"그렇다면 당장 이 집에서 나가게! 자네 일가와 우리 가문은 한 지붕 아래서 백 년이 넘게 살아왔네. 그런데 지금 와서 내게 대항하는 사악한 음모를 꾸미고 있다니.”

“주인님, 그게 아니에요. 주인님께 대항하다니요?”

그때 갑자기 문 쪽에서 여자의 목소리가 들렸네.

“주인님, 죽을 죄를 지었습니다. 모두 제 탓입니다. 남편은 아무 잘못도 없습니다.”

그곳엔 남편보다 더 창백하고 더 겁에 질린 배리모어의 아내가 서 있었지.

“대체 무슨 일인지 부인이 한번 말해 보시오.”

“가엾은 제 동생이 황무지에 있습니다. 우리 집 대문 앞에서 동생이 굶어 죽게 그냥 내버려 둘 수가 없었어요. 이 불빛은 먹을 것을 준비해 간다는 신호입니다. 저쪽에서 동생이 보내는 불빛은 어디로 가져오라고 알려 주는 신호고요.”

“자네 동생이 누군가?”

“주인님, 제 동생은 바로 탈옥한 죄수, 살인자 셀던입니다. 탈옥하면서 그 아이는 누나인 제가 자기를 모른 체하지 않을 것을 알고 있었지요. 어느 날 밤, 그 아이가 피로와 굶주림에 지친 몸으로 우릴 찾아왔어요. 간수들에게 쫓기고 있었지요. 저희가 어떻게 냉정하게 내칠 수 있었겠어요? 그래서 동생을 데리고 들어와서 먹을 것을 주었습니다. 얼마 후 주인님께서 오시자 동생은 황무지가 더 안전할 거라고 하더군요. 우리는 사실 그 아이가 이곳을 떠나 주길 바라고 있어요. 하지만 그 아이가 저 황무지에 있는 한 모른 체할 수가 없답니다.”

“이 말이 사실인가, 배리모어?”

“예, 모두 사실입니다.”

“아내를 도와준 것을 두고 자네를 비난할 수는 없지. 내가 했던 말은 못 들은 걸로 하게. 내일 아침에 이 문제를 좀더 논의하기로 하세.”

배리모어 부부가 나가고 난 다음, 우리는 다시 밖을 내다보았다네. 어둠 속에 조그맣고 노란 점이 계속해서 떠 있더군.

“배리모어가 음식을 가져다 줄 정도면 그리 멀지 않은 거리일 겁니다.”

“살인자가 저 불빛 옆에서 기다리고 있어요. 맙소사! 왓슨 박사, 난 저자를 잡으러 가야겠어요.”

나도 마음속으로 같은 생각을 하고 있었지. 그자는 이 사회를 어지럽히는 위험 요소이지 않은가? 동정이나 변명의 여지가 없는 범죄자이지. 우리는 그자를 붙잡아서 더 이상 사람들을 해칠 수 없는 곳으로 보냄으로써 시민의 의무를 다해야 한다고 생각했네. 우리가 아무런 행동도 취하지 않는다면 훗날 그 잔인한 범죄자에게 피해를 입을 사람이 또 생길지도 모르니까. 헨리 경은 무엇보다 그자가 한밤중에 스태플턴의 집이라도 습격한다면 큰일이라고 생각하는 것 같았네.

잠시 후 우리가 황무지에 도착했을 때는 가랑비가 흩뿌리기 시작했다네.

"왓슨 박사, 홈즈 탐정께서는 이 일에 대해 뭐라고 할까요? 어둠이 내린 시간에는 황무지에 나가지 말라고 한 말은 또 어쩌지요? 사악한 기운이 기승을 부리는 이때 말입니다."

헨리 경의 말이 끝나자마자 마치 그의 말에 대답이라도 하듯, 황무지의 어둠을 뚫고 느닷없이 괴이한 소리가 들려왔네. 거대한 그림펜 늪 가에서 들었던 바로 그 소리였지. 바람을 타고 온 길고 깊은 소리……. 소리는 순식간에 위협적인 포효가 되어 허공을 가득 메우더니 서서히 사라져 갔어.

"세상에! 왓슨 박사, 저게 무슨 소리요?"

"저두 잘 모릅니다. 황무지에서 나는 소리가 아닐까요? 전에도 한 번 들은 적이 있어요."

"왓슨 박사, 저건 사냥개가 울부짖는 소리예요!"

헨리 경의 목소리에는 공포가 어려 있었다.

"마을 사람들은 저 소리를 뭐라고 합니까?"

나는 대답하지 않으려 했네. 하지만 그 질문을 피해 갈 순 없었지.

"사람들은 바스커빌가의 전설에 등장하는 사냥개의 유령이 울부짖는 소리라고 하더군요."

"저건 그림펜 늪 쪽에서 들려오는 소리가 아니오? 저건 유령이 아니라 실제로 존재하는 소리요. 당신은 저게 사냥개의 울음

소리라고 생각하지 않는단 말이오? 난 어린애가 아니오. 사실대로 말해 주시오!"

"내가 전에 저 소리를 들었을 때는 스태플턴 씨와 함께 있었습니다. 그는 희귀한 새의 울음소리라고 하더군요."

"아니, 아니에요. 저건 살아 있는 사냥개예요. 세상에, 그 전설이 진실일 수도 있는 건가요? 내가 정말 위험에 처할 수도 있다는 말이오? 런던에서는 그냥 웃어넘기고 말았는데, 이 어둠 속 황무지에 서서 저런 울부짖음을 들으니 전혀 다른 느낌이 드는군요. 나는 천성적으로 무서움을 타지 않는다고 생각해 왔소. 그렇지만 왓슨 박사, 저 소리는 지금 내 피를 얼어붙게 하는 것 같아요."

"내일이면 괜찮아질 겁니다."

"쉽게 잊혀지지 않을 것 같군요."

"그럼 이만 돌아갈까요?"

"아니오. 대체 이 황무지에 어떤 악마들이 판치고 있는지 알아보러 갑시다. 우리가 겁먹을 이유는 하나도 없소."

우리는 어둠을 뚫고 서서히 앞으로 나아갔다네. 우리 주위에는 검은 언덕들이 있었지. 노란 점처럼 보이는 불빛은 우리가 가까이 다가갈 때까지도 꺼지지 않고 있었네. 마침내 우리는 불빛이 새어 나오는 곳에 도착했다네. 불빛은 바위틈에 박혀 있더군. 바스커빌 저택 쪽에서만 보일 수 있게 바위가 절묘하게 불빛을 막아 주고 있었지.

　마침내 우리는 그자를 보았어. 그는 누렇게 뜬 사악한 얼굴을 바위 위로 쑥 내밀더군. 마치 짐승 같았지. 머리는 산발을 하고 있는 데다 수염은 덥수룩하고 얼굴에는 땟국이 줄줄 흐르고 있었다네. 언덕에 있는 돌집에서 살았던 선사 시대 원시인의 얼굴이라고 해도 좋을 것 같았어.

　우리가 그자를 잡기 위해 몸을 앞으로 날리는 순간, 죄수는 욕을 해 대며 달아나기 시작하더군. 다행히 구름 사이로 달이 얼굴을 내밀었지. 언덕배기로 올라가서 보니, 그자가 죽을힘을 다해 반대쪽으로 달려 내려가고 있더군. 엄청난 속도였지. 권총으로 맞힐 수 있는 거리였지만, 우리에게 위험이 닥친 게 아니었기 때문에 쏘지 않기로 했지. 우리는 그를 잡을 가능성이 별로 없다는 사실을 확인하고 추격을 멈춘 뒤, 가쁜 숨을 몰아쉬며 집으로 발길을 돌렸다네.

　그런데 바로 그때 너무나 기이하고 예기치 못했던 일이 일어났지 뭔가. 우리의 오른쪽으로 달이 낮게 걸려 있었고, 그 은빛 달을 배경으로 높은 바위가 우뚝 서 있었는데, 바로 그 환한 달빛을 뒤로하고 서 있는 남자의 형체가 보였다네. 내 평생 그렇게 선명하게 무엇을 본 적이 없었네. 탈옥한 죄수는 아닐세. 그는 전혀 다른 방향으로 달아났으니까. 탈옥수보다 키가 훨씬 크기도 했고…….

내가 헨리 경의 팔을 잡아끌며 그가 있는 곳을 가리키려고 하
는 순간 그 형체는 홀연히 사라져 버렸다네. 나는 그 주변을 탐
색해 보고 싶은 마음이 간절했지만, 헨리 경은 더 이상 모험을
하고 싶어 하지 않더군. 그는 자기 가문의 암울한 역사를 떠올
리게 만든 정체불명의 울음소리 때문에 언짢은 마음이 가라앉
지 않았던 거지. 그가 무심하게 말하더군.

"형무소 간수가 분명해요. 죄수가 탈옥한 이후로 이 황무지에
그런 사람들이 쫙 깔려 있지 않습니까?"

그의 말이 맞을지도 모르지. 하지만 난 증거를 더 찾아야 할
것 같네.

이제 황무지는 수수께끼 같은 사람들과 사건들이 얽혀, 그 어
느 때보다 이해할 수 없는 곳이 되어 버렸다네. 무엇보다 좋은
방법은 자네가 이곳으로 오는 일일세.

제 10 장

황무지의 이방인

이제부터 들려줄 이야기는 일기에 적어 둔 내용을 바탕으로 내 기억에서 찾아낸 것이다. 이야기는 황무지에서 모험을 감행했던 밤을 지나 다음 날 아침으로 이어진다.

10월 16일

비가 내려서 그런지 몹시 음울한 날이었다. 저택은 구름에 갇혀 있었다. 나는 본능적으로 위험을 감지하였다. 딱히 뭐라 설명하기 어려워서 더욱 무섭게 느껴지는 위험이었다.

최근에 있었던 사건들을 찬찬히 정리해 보자. 이 저택에 살던 전 주인의 사망, 황무지에 있다는 정체 모를 짐승에 관한 보고

들……. 사실 그것들은 그저 일반적인 자연의 법칙이나 현상이라고 믿고 싶다. 사냥개의 유령이 발자국을 남기고 공중에 울려 퍼질 만큼 큰 소리로 울부짖는다니! 정말이지 말도 안 되는 얘기다.

내게 장점이 있다면 그것은 상식적인 인간이라는 점이다. 그 어떤 것도 내게 상식 밖의 일을 믿게 할 수는 없다. 내가 설령 그것을 믿는다고 해도 악마 개로 표현하고 싶지는 않다. 그렇게 한다면 그 개의 눈과 주둥이에 불꽃이 이글거린다고 주장하는 이 지방 사람들과 다를 게 없기 때문이다.

홈즈도 이 같은 생각에는 귀기울이려 하지 않을 것이다. 그렇지만 사실은 사실이다. 황무지에서 괴이한 울음소리를 두 번이나 듣지 않았던가. 정말 그런 거대한 사냥개가 황무지를 떠돌고 있다고 가정해 보라. 어디에 숨어 있을 것이며, 먹을 것은 어디서 얻는단 말인가? 도대체 그 짐승은 어디서 왔으며, 왜 밤에만 나타나는 것일까?

자연의 법칙에 따라 설명한다 해도 그 반대만큼이나 근거를 대기가 쉽지 않다. 런던에서 본 마차 속 검은 턱수염의 남자, 그리고 헨리 경에게 보낸 경고 편지는 분명 사실이다. 그렇지만 어떻게 설명할 수 있단 말인가?

그리고 바위 위에서 보았던 낯선 남자는 누구일까? 스태플턴보다는 키가 컸다. 그리고 배리모어는 저택에 남아 있었기 때문에 그가 우리를 따라왔다고 보기엔 무리가 있다.

런던에서 그랬듯이, 이곳에서도 수상한 자가 우릴 감시하고 있을지도 몰랐다. 그자를 잡을 수만 있다면 우리 앞의 모든 문제들이 한꺼번에 해결될 것 같은 느낌이 들었다.

오늘 아침 배리모어가 서재에서 헨리 경과 단둘이 이야기를 나눴다. 헨리 경은 이야기가 끝나자 문을 열고는 나에게 들어오라고 했다.

"배리모어가 하고 싶은 말이 있다는군요."

배리모어는 우리가 탈옥수를 잡으러 갔던 일에 대해 불만을 토로했다. 설마 그렇게까지 할 줄은 몰랐다는 것이었다. 그러고는 처남이 무사히 영국을 빠져나갈 수 있도록 경찰에는 알리지 말아 달라고 애원했다. 우리는 그다지 내키지 않았지만, 그의 처남이 다시는 사람을 해치지 않을 것이라는 약속을 받아 낸 뒤 경찰에는 알리지 않기로 했다.

배리모어는 몇 번이고 감사하다는 말을 하고 난 다음 이런 말을 꺼냈다.

"주인님께서 제게 이렇듯 잘해 주시니, 보답으로 뭔가 해 드려야 할 것 같습니다. 찰스 경 나리의 죽음에 대해서 알고 있는 게 있습니다. 미리 말씀드려야 했지만 경찰 심문이 끝난 다음에야 알게 된 사실이라서요. 사실은 그때 찰스 경 나리께서 주목나무 오솔길의 쪽문에서 누구를 기다리고 계셨는지 알고 있습니다.

어떤 여자를 만나기로 되어 있었지요."

"여자를? 찰스 경께서?"

"예, 주인님."

"그 여자 이름이 뭔가?"

"이름은 모르겠습니다. 하지만 이름의 머리글자가 L. L.이라
는 사실은 알고 있습니다."

"자네가 그걸 어떻게 알지?"

"그날 아침 찰스 경 나리께서 편지를 한 통 받으셨지요. 쿰 트
레이시에서 온 편지였는데 주소가 여자 필체였습니다. 전 그 편
지에 대해서는 까맣게 잊고 있었는데, 얼마 전 아내가 찰스 경
나리의 방을 청소하다가 난로에서 불에 탄 편지의 재를 발견했
지요. 편지지의 아랫부분이 조금 남아 있어서 읽을 수가 있었습
니다. 거기에는 '제발 부탁드립니다. 찰스 경께서는 신사 분이시
니 이 편지는 태워 버리세요. 그리고 열 시까지 쪽문 앞으로 나
와 주세요.'라고 적혀 있었고, 그 아래에는 'L. L.'이라고 씌어 있
었습니다."

"L. L.이 누구인지 짚이는 데라도 있는가?"

"주인님보다 더 아는 게 없습니다."

배리모어가 방을 나가자, 헨리 경이 나를 보며 말했다.

"왓슨 박사, 이 일을 어떻게 생각하시오?"

"L. L.이라는 이름을 알아낼 수만 있다면 문제가 간단히 해결

될 겁니다. 지금 당장 이 사실을 홈즈에게 알려야겠어요. 이런 소식을 가지고도 그를 이곳으로 내려오게 하지 못한다면 제가 그동안 보고를 잘못한 거겠죠."

나는 당장 방으로 가서 홈즈에게 보낼 짧은 보고서를 썼다.

홈즈는 요즘 무척 바쁜 것이 분명했다. 베이커가에서 아주 드물게, 그것도 짧은 내용으로 보내 오는 답장을 보면 내가 보낸 정보에 대한 조언이나 평가가 전혀 없기 때문이었다. 그는 사기 사건에 온 힘을 쏟고 있는 것이 틀림없다. 하지만 보고서에 쓴 새로운 정보는 홈즈의 관심을 환기시키지 않을까? 그가 빨리 이곳으로 왔으면 좋겠다.

10월 17일

오늘은 하루 종일 비가 억수같이 퍼부었다. 나는 문득 황무지를 헤매고 있을 탈옥수가 떠올랐다. 그리고 또 한 사람, 보이지 않는 감시자와 어둠 속의 남자……. 런던에서 마차에 타고 있던 얼굴과 달빛을 등지고 서 있던 인물, 그도 역시 저 폭우를 맞고 있을까?

그날 저녁 나는 어둠 속의 남자가 서 있던 황무지의 언덕 근처로 산책을 나갔다. 그리고 돌아오는 길에 모티머를 만났다. 외딴 농가에 왕진을 갔다가 돌아오는 길이라고 했다.

그는 애완견 스패니얼을 잃어버려서 몹시 속상하다고 말했

다. 개가 황무지 쪽으로 나간 이후로 돌아오지 않는다는 것이었
다. 나는 곧 찾을 수 있을 거라고 진심으로 위로를 해 주었지만
머릿속에서는 그림펜 늪에 빠져 허우덕거리던 조랑말이 떠올랐
다. 모티머는 아마 다시는 스패니얼을 만날 수 없을 것이다.

"모티머 선생, 이 근처에 사는 사람 중에 선생께서 모르는 사
람은 거의 없지요? 혹시 이름의 머리글자가 L. L.로 시작하는 여
자가 있습니까?"

내가 물었다.

"음, 로라 라이온스라는 여자가 있긴 합니다. 그 여자의 이름
머리글자가 L. L.이지요. 하지만 그녀는 쿰 트레이시에 살고 있
습니다. 프랭클랜드 씨의 딸이죠."

"프랭클랜드 씨 말입니까? 그 괴짜 노인의 딸이라고요?"

"네, 남편이 화가라 그림을 그리러 황무지로 들어왔다고 하더
군요. 하지만 남편은 그녀만 남겨 두고 떠나 버렸지요. 프랭클랜
드 씨는 자신의 허락도 없이 결혼했다는 이유로 딸의 일에 전혀
상관하지 않았어요. 그래서 라이온스 부인은 상당히 어렵게 살
았지요. 나중에 그 이야기가 주변에 알려지자, 이웃 사람들 몇
명이 그녀가 일을 하며 살아갈 수 있도록 도와주었습니다. 찰스
경도 그 중 한 사람이었고요. 저도 약간의 도움을 주었지요. 타
이피스트로 취직을 시켜 주었거든요."

모티머는 내가 왜 그런 질문을 했는지 궁금해 했지만, 나는 대

충 둘러대는 걸로 그의 호기심을 채워 주었다. 그사이 나는 뱀처럼 교활한 지혜를 갖게 된 모양이었다. 모티머가 자꾸만 캐묻기 시작하자, 일부러 프랭클랜드의 두개골에 대한 얘기를 꺼냈다. 그러자 모티머는 바스커빌 저택으로 돌아오는 길 내내 두개골에 대해서만 떠들어 댔다.

내일 아침에는 쿰 트레이시에 가 봐야겠다. 그곳에서 로라 라이온스 부인을 만나고 나면, 이 의문의 사건을 해결할 수 있는 실마리를 찾게 될 것이다.

모티머는 저녁 식사를 마친 후 헨리 경과 카드놀이를 했다. 배리모어는 커피를 서재로 가져다주었다.

"자네 처남은 이곳을 떠났나? 아니면 아직도 저 황무지에 숨어 있나?"

"나리, 저는 모릅니다. 사흘 전에 마지막으로 음식을 갖다 준 후로는 소식을 듣지 못했으니까요. 그 후에 그쪽으로 가 보니 음식이 보이지 않았습니다."

"그렇다면 아직 그곳에 있는 게 분명하군."

"다른 사람이 그 음식을 가져가지 않았다면 그렇게 생각할 수 있겠죠."

나는 커피잔을 들어 올리다 말고 깜짝 놀란 얼굴로 배리모어를 쳐다보았다.

“그게 무슨 소리요?”

“예, 왓슨 박사님. 사실은 황무지에 또 한 사람이 있습니다. 셀던이 일주일 전에 얘기하더군요. 그자도 숨어 지내긴 하는데, 제가 알기로는 탈옥수는 아니에요. 저는 그 사실이 아주 꺼림칙합니다요. 저 황무지에 낯선 사람이 숨어서 주위를 살피며 또 뭔가를 기다리고 있다니 말입니다! 뭘 기다리고 있는 걸까요? 그건 또 무슨 의미일까요? 바스커빌가의 혈육이라면 누구에게든 유쾌한 일은 아니겠지요.”

흥분해서 말하는 배리모어에게 내가 물었다.

“셀던은 그 수상한 자에 대해 뭐라고 하던가요? 그자가 무슨 일을 하는지 알아냈답니까?”

“처음에는 경찰인 줄 알았답니다. 그런데 곧 그자가 뭔가 다른 목적이 있다는 사실을 알아냈다고 하더군요.”

“그 목적이 뭐랍니까?”

“그건 모르겠습니다.”

“그럼 그자는 어디서 지낸다고 하던가요?”

“옛사람들이 살았던 오래된 돌집 중 한 곳에서 지낸다고 했습니다.”

“먹을 것은 어떻게 해결하는 거지요?”

“셀던의 말로는 그자에게 필요한 것을 가져다주는 심부름꾼 소년이 있다고 합니다. 그 소년이 쿰 트레이시로 가서 필요한 것을 구해 오지 않을까요?”

“알겠습니다. 고마워요. 나중에 더 얘기하도록 합시다.”

배리모어가 나가자 나는 칠흑같이 어두운 창문 쪽으로 걸어가서 밖을 내다보았다. 구름이 빠르게 몰려오면서 나뭇가지가 흔들리고 있었다. 바깥 날씨는 꽤 험악했다.

황무지의 돌집에서 지내는 기분은 어떨까? 대체 가슴에 품은 증오가 얼마나 심하기에 이런 시간에 저런 장소에 머물고 있는 걸까? 황무지의 저 돌집에 나를 괴롭히는 문제의 핵심이 있는 것이 분명했다. 나는 그 수수께끼를 속속들이 파헤치기 위해 할 수 있는 일은 무슨 일이든 하겠다고 굳게 다짐했다.

제 11 장

로라 라이온스

앞 장의 몇 페이지를 채웠던 내 일기는 10월 18일까지 있었던 일들에 해당하는 내용이다. 그다음 며칠 동안 일어난 사건들은 지금까지도 기억에 생생하다.

쿰 트레이시에서 라이온스 부인이 일하는 사무실을 찾기는 어렵지 않았다. 처음 사무실에 들어섰을 때 그녀의 빼어난 외모에 놀라 잠시 동안 멍해지는 듯했다. 시간이 좀 흐른 뒤에야 나는 정신을 차리고 라이온스 부인의 얼굴을 찬찬히 뜯어볼 수 있었다. 그때까지만 해도 내가 얼마나 중요한 임무를 지니고 온 것인지를 까맣게 잊고 있었다.

그녀는 자신을 찾아온 이유가 무엇인지 물었다.

"제가 이곳을 찾아온 것은 돌아가신 찰스 경 때문입니다."

"그분에 관해 무엇이 궁금한가요?"

그녀는 초조한 듯 손가락으로 타자기를 만지작거렸다.

"찰스 경에게 만나 달라고 편지를 보낸 적이 있습니까?"

"없어요, 절대 그런 일 없어요!"

라이온스 부인은 금세 발끈해서 대꾸했다.

"기억이 잘 안 나시나 보군요. 저는 부인이 보낸 편지의 한 구절을 기억하고 있습니다. '제발 부탁드립니다. 찰스 경께서는 신사 분이시니 이 편지는 태워 버리세요. 그리고 열 시까지 쪽문 앞으로 나와 주세요.'라고 썼잖소."

"그래요, 그 편지는 제가 썼어요!"

갑자기 그녀는 정신이 나간 사람처럼 소리를 질렀다.

"제기 썼다고요! 아닌 체할 필요가 어디 있겠어요? 부끄러워해야 할 이유가 뭐람. 그분을 만나면 도움을 받을 수 있을 거라고 생각했어요. 그래서 주목나무 오솔길에서 만나자고 했던 거예요."

"그런데 하필이면 왜 그 시간이었소?"

"찰스 경께서 다음 날 런던에 가셨다가 몇 달 후에나 돌아오신다는 사실을 편지 쓰기 직전에 알게 되었으니까요."

"부인이 그곳에 갔을 때 무슨 일이 있었습니까?"

"전 가지 않았어요. 갑자기 일이 생겨서 갈 수가 없었죠."

"다시 말해 찰스 경이 죽음을 당한 시간에, 그 장소에서 찰스 경을 만나자는 약속을 한 부인은 정작 약속을 지키지 않았다는 말씀이군요."

"그래요."

"부인께서 죄의식을 느낄 만한 이유가 없다면, 왜 처음에 찰스 경에게 편지를 쓰지 않았다고 했죠?"

"제 의도를 오해하실까 봐 그랬어요."

"그렇다면 왜 찰스 경에게 그 편지를 없애 버리라고 그토록 간곡히 부탁한 겁니까?"

"제 인생은 남편과 벌이는, 끊임없는 전쟁의 연속이었어요. 그러나 법은 늘 남편의 편이었지요. 언제든 남편이 원하면 함께 살아야만 했으니까요. 그런데 얼마간의 돈을 지불하면 자유롭게 살 수 있다는 사실을 알게 되었죠. 그래서 찰스 경에게 도움의 손길을 뻗친 겁니다. 저는 독립을 해서 마음의 평화를 얻고 싶었어요. 제가 원하는 삶을 살고 싶었지요. 저는 찰스 경이 얼마나 친절한 분인지 알고 있었기에 제 입으로 직접 얘기하면 꼭 도와주실 거라고 생각했던 거예요. 그리고 저의 이런 사적인 일을 누군가 알게 될까 봐 편지를 없애 달라고 부탁했지요."

"약속 장소에는 왜 가지 않았습니까?"

"편지를 보낸 직후, 다른 사람에게서 도움을 받았으니까요."

"그렇다면 왜 찰스 경에게 그 사실을 설명하는 편지를 쓰지 않은 거죠?"

"다음 날 아침 신문에서 그분의 죽음에 대한 기사를 읽지 않았다면 그랬을 겁니다."

그 여자의 이야기는 그런대로 일리가 있었다. 더구나 내가 하는 어떤 질문에도 흔들림이 없었다. 그녀가 진실만을 말하고 있는지는 알 수 없었지만 적어도 일부는 진실인 것 같았다.

하지만 라이온스 부인의 표정과 태도를 떠올려보면 볼수록 무언가 감추고 있는 듯한 느낌을 지울 수가 없었다. 부인은 왜 그렇게 창백해진 것일까? 처음에 모든 사실을 왜 그렇게 감추려고 애썼던 것일까? 비극이 일어난 시간에 관해 어째서 입을 다물고 있는 것일까?

이 모든 의문을 따져 보면, 라이온스 부인이 결백하다는 사실을 도저히 믿을 수 없었다. 나는 탐문을 할 때마다 내 앞을 가로막곤 하는 커다란 벽에 다시 한 번 부딪히고 말았다.

하지만 라이온스 부인에게서 더 이상의 단서를 찾아내기는 힘들 것 같았다. 황무지의 돌집 사이에서 다른 단서를 찾아보는 수밖에 없었다. 그러나 다른 단서를 찾는 일도 막막하기만 했다.

나는 마차를 타고 돌아오는 길에 황무지를 바라보다가, 곳곳에 고대인들이 살았던 유적지가 널려 있다는 사실을 깨달았다. 배리모어는 정체불명의 사나이가 이 버려진 돌집의 어딘가에 살고 있다고 했다. 정확한 위치를 알 수는 없지만, 나는 얼마 전 그 사나이가 검은 바위산 정상에 서 있는 모습을 본 적이 있었다. 나는 그곳을 시작으로 해서 황무지의 돌집이란 돌집은 모조리 뒤지리라 다짐하였다. 그자가 머무는 돌집을 찾아냈는데 만약 주인이 없다면 돌아올 때까지 언제까지고 기다릴 참이었다.

그자를 찾아내면 권총을 들이대고서라도 누구인지를 밝혀 내고, 왜 그렇게 오랫동안 우리를 쫓아다녔는지 알아낼 생각이었다. 사람들이 붐비는 리젠트가에서는 우리를 쉽게 따돌릴 수 있었을 테지만, 이 한적한 황무지에서는 그렇게 하는 것이 쉽지 않을 터였다. 홈즈는 런던에서 그를 놓쳤다. 대가가 못한 일을 내가 해낸다면 그 기쁨은 두 배가 될 것이었다.

이번 사건에서 지금까지 줄곧 내 편이 아니었던 행운의 여신이 이제야 나를 도와줄 마음이 생긴 모양이었다. 그 행운의 사자는 다름 아닌 프랭클랜드였다. 불그레한 얼굴에 잿빛 구레나룻을 기른 그가 대문 밖에 나와 서 있었다.

"좋은 날이오, 왓슨 박사."

프랭클랜드가 기분 좋게 인사했다. 그에게서 흔히 볼 수 없는 밝은 모습이었다.

"말도 좀 쉬어야 하지 않겠소? 들어와서 포도주나 한잔하면서 날 좀 축하해 주구려."

프랭클랜드가 자신의 딸에게 어떻게 했는지 들은 후로는 그에 대한 감정이 썩 좋지 못했다. 그러나 나는 황무지를 둘러보기 위해 마부 퍼킨스와 마차를 집으로 돌려보낼 구실을 찾고 있던 터라 기꺼이 그의 초대를 받아들였다.

"오늘은 무척 기쁜 날이오. 나에게는 기념일이나 마찬가지라고 할 수 있지."

그는 얼굴 가득 웃음을 머금은 채 큰 소리로 말했다.

"두 개의 소송이 걸려 있었는데, 오늘 드디어 해결을 봤다우. 법에 호소하는 것을 두려워하지 않는 사람이 바로 여기 있다는 것을 마을 사람들에게 가르쳐 준 셈이지. 나는 미들턴 영감탱이의 정원 한가운데를 질러 갈 수 있는 통행권을 확보했다오. 그 영감탱이의 대문에서 백 미터 안쪽을 보란 듯이 지나가는 거요. 어떻소? 나는 부자 놈들에게 자기네들이 서민의 권리를 함부로 짓밟을 권리가 없다는 사실을 알려 줄 거요. 망할 것들!

그리고 페른워시 사람들이 자주 모여서 놀자판을 벌이는 숲도 폐쇄해 버렸소. 그 막돼먹은 놈들은 신문이랑 술병을 들고 어디에서건 놀 수 있을 거라고 생각했겠지만 그 숲은 엄연히 국가의 재산이오. 오늘 둘 다 판결이 났다오. 내가 다 이겼수다. 정말 이렇게 경사스러운 날은 처음이오."

"재판에서 이기면 어떤 이득이 있습니까?"

"그런 건 없소. 난 뭔가를 바라고 이 일을 하는 것이 아니오. 공공의 이익을 위해서 이 외로운 일을 하고 있을 뿐이지. 이 일로 내가 피해를 입어도 나라에서는 전혀 지켜 주지 않는다오.
나는 당연히 보호받을 권리가 있는데도 말이오. 경찰들은 나를
이렇게 대접한 것을 곧 후회하게 될 거요. 나는 경찰들이 알고
싶어 할 엄청난 정보를 가지고 있거든."

"어떤 정보 말입니까?"

내가 이야기를 듣고 싶어 하는 내색을 보이면 노인은 입을 다
물어 버릴 게 분명했기 때문에 관심이 없는 척하느라 일부러 심
드렁하게 물었다.

"또 무슨 사유지 침범과 관련된 일이겠지요?"

"이 친구도 참……. 그것보다 몇 배는 중요한 일이오. 황무지
에 숨어 있는 탈옥수 얘기를 선생도 들으셨겠죠?"

순간 나는 깜짝 놀랐다.

"그자가 어디에 숨어 있는지 알고 계신 건가요?"

"그자가 어디에 숨어 있는지는 몰라도 어떻게 양식을 구하고
있는지 안다면 다 해결된 것 아니겠소?"

프랭클랜드는 위험할 정도로 진실에 다가가 있었다.

"그렇군요. 그런데 그걸 어떻게 아셨습니까?"

"먹을 것을 나르는 심부름꾼을 내 눈으로 봤으니까요."

음식을 나르는 배리모어의 모습을 생각하고 나는 가슴이 철
렁 내려앉았다. 이 참견쟁이 노인한테 걸린 것은 보통 심각한
일이 아니었다. 그렇지만 프랭클랜드의 다음 얘기를 듣고 나자

마음이 한결 가벼워졌다.

"탈옥수에게 먹을 것을 날라다 주는 사람이 조그만 꼬마라는 사실을 안다면 선생도 퍽 놀랄 것이오. 나는 지붕에 설치한 망원경으로 매일 같은 시간에 같은 장소를 지나가는 그 꼬마를 지켜보고 있었다우. 그 꼬마가 탈옥수의 심부름꾼이 아니면 뭐란 말이오?"

아! 정말 다행스러운 일이었다. 아이라니! 배리모어의 말에 의하면, 황무지에 머물고 있는 의문의 사나이에게 어떤 꼬마가 음식을 나른다고 했다. 프랭클랜드가 잘못 짚고 있는 것이었다. 그러나 프랭클랜드가 알고 있는 정보를 얻어 낼 수만 있으면, 내가 지금 일일이 돌집을 찾아다니는 고생을 하지 않아도 될 터였다.

나는 짐짓 아무것도 모르는 체하면서, 양치기의 아들이 아버지에게 음식을 갖다 주는 것일 거라고 말했다. 그러자 프랭클랜드는 몹시 흥분하면서 큰 소리로 호통을 쳤다.

"나는 아무런 근거도 없이 무조건 주장하는 사람이 아니오. 하루에 한 번, 어떨 때는 두 번씩이나 꼬마가 꾸러미를 들고 저 언덕을 오르내리는 것을 보았소. 앗! 잠깐, 저기 뭔가 보입니다. 왓슨 박사, 어서 와서 이것 좀 보시오!"

우리는 지붕 위로 올라가, 삼각대 위에 얹혀 있는 망원경으로 황무지를 보았다. 작은 소년 한 명이 꾸러미를 어깨에 메고 언

덕을 오르고 있었다. 소년은 사방을 살피면서 자신을 뒤따라오
는 사람이 없는지 확인하는 듯했다. 그리고 이내 언덕 너머로
사라졌다.

나는 포도주를 더 마시자고 붙잡는 프랭클랜드를 뿌리치고
집으로 돌아가겠다며 자리에서 일어섰다. 한시라도 빨리 소년
이 사라진 곳 주변의 돌집을 둘러보고 싶은 마음뿐이었다. 그는
바스커빌 저택까지 동행하겠다고 했으나, 나는 정중하게 거절
하고 집을 나섰다. 그가 쳐다보고 있을 때까지만 길을 따라 걷
다가 나중에는 황무지로 슬쩍 들어섰다.

언덕배기에 이르자 해가 이미 기울기 시작했다. 내 발밑으로
길게 뻗어 있던 비탈의 한쪽은 완전히 황금빛으로 물든 초록빛
을 띠고 있었다. 반면에 반대쪽은 어둑하게 잿빛 그림자가 드리
워지고 있었다. 그 아래에는 선사 시대의 돌집들이 원형을 이루
며 모여 있었다. 그중 한 곳은 아직 지붕이 남아 있어 비바람을
피할 만했다.

여기저기 흩어진 돌들 사이로 난 오솔길을 따라가니 돌집으
로 들어가는 입구가 나타났다. 사방이 고요했다. 정체불명의 남
자는 지금 이곳에 숨어 있을 수도 있고, 아니면 황무지를 헤매
고 있을 수도 있을 터였다.

나는 흥분이 되어 몸이 부르르 떨렸다. 물고 있던 담배를 집어
던지고 권총의 손잡이를 힘주어 잡았다. 그러고는 살금살금 입

구로 다가가서 안을 들여다보았다. 집 안은 텅 비어 있었다.

하지만 그자가 살고 있는 것은 분명했다. 임시로 만든 화덕에는 재가 쌓여 있었고, 그 옆에는 빈 깡통이 굴러다니고 있었다. 돌집 한가운데에 놓여 있는 평평한 돌은 식탁으로 사용되는 듯했다. 그 위에 내가 아까 망원경으로 보았던 작은 꾸러미가 올려져 있었다.

그 속에는 빵 한 덩어리와 통조림 두 개가 들어 있었다. 나는 꾸러미를 뒤적거리다가 그 옆에 놓여 있는 메모지 한 장을 발견했다. 가슴이 두근거렸다. 그것을 집어 들었다. 거기에는 다음과 같은 글이 휘갈겨져 있었다.

왓슨 박사가 쿰 트레이시로 갔음.

나는 메모지를 손에 든 채 이 글의 의미를 생각해 보려고 애썼다. 그렇다면 이 의문의 남자가 주시하고 있는 사람은 헨리 경이 아니라 바로 나란 말인가. 게다가 소년을 시켜서 나를 미행하게 한 뒤, 이런 보고서를 받고 있는 것인가.

황무지에 온 후로 나의 일거수일투족이 모두 관찰당하고 있었다니. 이렇게 기막힐 수가! 나는 다른 단서는 없는지 확인하기 위해 돌집을 자세히 둘러보았다. 그러나 아무것도 찾을 수 없었다.

나는 그자의 정체를 알아내기 전에는 돌집을 떠나지 않겠다고 맹세했다. 이미 해가 저물고 있었다. 서쪽 하늘이 붉은색과 황금색으로 화려하게 물들었다. 나는 어두컴컴한 돌집에 앉아서 정체불명의 남자를 기다렸다.

드디어 그가 돌아오는 소리가 들렸다. 멀리서 구두가 돌에 부딪히는 소리가 날카롭게 들려왔다. 한 발짝 한 발짝 점점 더 가까이 오고 있었다. 나는 권총을 들고 가장 어두운 구석에 몸을 숨겼다. 정체불명의 남자를 보기 전에는 결코 나 자신을 노출시키지 않겠다고 단단히 마음먹었다.

남자가 걸음을 멈췄는지 오랫동안 발자국 소리가 들리지 않았다. 그러더니 다시 발자국 소리가 점점 가까워졌다. 돌집 입구에 그림자가 어른거렸다.

"이보게, 왓슨! 정말 아름다운 저녁이야."

너무나도 귀에 익은 목소리였다.

"이리 나오지 그래? 안보다는 밖이 훨씬 더 편할 걸세."

제 12 장
또 다른 피해자

　돌집 한구석에 웅크리고 있던 나는 순간 숨이 멎는 것만 같았다. 내 귀를 믿을 수가 없었다. 잠시 후 감각과 목소리가 서서히 되돌아오면서 그동안 나를 짓누르고 있었던 책임감이 순식간에 사라지는 듯했다. 저렇듯 냉철하면서도 빈정대는 듯한 목소리를 가진 사람은 이 세상에 단 한 사람뿐이었다.

　"홈즈! 홈즈! 자네로군."

　나는 큰 소리로 친구의 이름을 불렀다.

　"어서 나오게. 총은 조심하고."

　그는 바위 위에 앉아 있었다. 깜짝 놀라 당황스러워하는 나의 표정을 보는 그의 회색 눈에 장난기가 어려 있었다.

홈즈는 그 전보다 수척해 보였지만 여전히 예리한 모습이었다. 얼굴은 햇볕에 그을려 구릿빛이었다. 트위드 정장에 천 모자를 쓴 그는 황무지를 방문한 여느 관광객들과 조금도 다를 바 없어 보였다. 그러나 고양이같이 청결함을 좋아하는 성격 그대로, 베이커가에 있을 때와 다름없이 말끔하게 면도한 얼굴에 깨끗한 옷차림을 하고 있었다.

"자네를 만난 게 이처럼 기쁜 적은 없었네."

나는 친구의 손을 잡고 흔들며 말했다.

"이처럼 놀랐던 적이 없었겠지, 안 그런가? 자네 쪽에서만 놀란 게 아닐세. 정말이야! 나도 자네가 내 은신처 안에까지 와 있으리라고는 꿈에도 생각지 못했지. 자네가 이곳을 찾아내리라는 것조차도. 입구에서 이십 미터쯤 떨어진 곳에 와서야 자네라는 걸 알았지."

"내 발자국을 본 게지."

"그게 아니야. 아무리 내가 뛰어난 탐정이라 해도 이 세상의 수많은 발자국 가운데서 자네 발자국을 찾아낼 재간은 없다네! 나를 제대로 속이고 싶다면 좋아하는 담배부터 바꾸게. '옥스포드 가, 브래들리 상점'이라고 찍힌 담배꽁초를 보고는 내 친구 왓슨이 이 근방에 있다는 걸 알게 되었지. 빈 돌집에 들이닥치던 그 중대한 순간에 피우던 담배를 휙 하고 집어던진 게 뻔하지! 그래, 자네는 정말 내가 탈옥수라고 생각했나?"

"난 자네가 누군지 몰랐어. 하지만 반드시 알아낼 각오였지."

"아주 훌륭해, 왓슨! 탈옥수를 찾으러 다니던 날 밤에 자네가 날 보았을지도 모르지. 어리석게도 내가 달빛을 등지고 서 있었거든."

"그렇다면 내가 보았던 그 형체가 자네였구먼! 하지만 난 자네가 베이커가에 있다고 생각했는데……."

"그게 바로 내가 바라던 바였네. 내가 바스커빌 저택에 함께 있었다면 내 존재 자체가 적들에게 단단히 경계를 하라는 경고가 되었을 테니 말일세. 이렇게 함으로써 나는 자유롭게 돌아다닐 수 있었네. 저택에서 지냈더라면 결코 불가능한 일이었지."

"그렇다면 내 보고들은 모두 헛수고였단 말인가!"

홈즈는 주머니에서 종이 한 뭉치를 꺼냈다.

"이게 자네가 보낸 보고서들일세. 나는 이것들을 모두 신중하게 검토했다네. 자, 이제 라이온스 부인을 찾아갔던 일에 대한 결과를 말해 주게."

나는 그 여자와 나눈 얘기들을 홈즈에게 모두 들려주었다.

"이건 대단히 중요한 문제야. 이 어려운 사건에 엄청난 도움이 될 수 있을 걸세. 자네 혹시 스태플턴이라는 남자와 그 여자가 은밀한 사이라는 사실을 알고 있었나? 이 사실은 우리 손에 강력한 무기를 쥐어 준 것이나 다름없는 걸세. 그의 아내와 그를 갈라놓는 데 이 사실을 이용할 수 있다면……."

"그의 아내라니?"

"자, 이제 내가 자네에게 정보를 좀 주지. 자네가 내게 알려준 정보들에 대한 대가로 말일세. 그가 스태플턴 양이라고 부르는 숙녀는 실제로 그의 아내라네."

"맙소사! 정말인가? 그렇다면 어떻게 헨리 경이 그녀와 사랑에 빠지도록 허락했단 말인가?"

"그 일은 헨리 경 외에는 누구에게도 해가 되지 않는다네. 자네도 보았다시피, 스태플턴은 헨리 경이 그 여자와 사랑을 나누지 못하도록 각별히 신경을 썼지. 다시 한 번 말하지만, 스태플턴 양은 그의 여동생이 아니라 그의 아내니까."

"그는 왜 사람들을 속였을까?"

"그녀가 미혼으로 알려지면 훨씬 더 유용할 거라고 생각했던 거지."

말로 표현하지 못했던 의심들이 갑자기 형체를 드러내면서 생물학자에게 집중되었다. 밀짚모자에 곤충잡이채를 들고 다니던 그 핏기 없는 남자에게서 나는 무언가 끔찍한 것을 본 것 같았다. 웃음기 어린 얼굴에 살의를 띤 심장, 한없는 인내심과 영악한 머리를 지닌 괴물.

"그러면 런던에서 우리를 미행한 사람이 바로 그자였나?"

"내 추리에 따르면 그렇다네."

"그러면 그 경고 편지는……. 아, 그것은 스태플턴 부인이 보낸 것이로군!"

"맞아."

"그런데 그 여자가 스태플턴의 아내라는 사실을 어떻게 알아
냈지?"

"자네를 처음 만났을 때 그자는 자기가 살아온 길에 관해 진
실을 말했지. 그자는 자기가 그 말을 한 것을 두고두고 후회했
을 걸세. 학교 교장을 찾는 건 식은 죽 먹기지. 전직 교장이었던
사람에 대해서는 상세한 기록이 남아 있거든. 크게 조사를 하지
않고도 학교가 문을 닫았다는 사실과, 이름은 달랐지만 그 학교
의 이사장이 아내와 함께 행방불명되었다는 사실을 쉽게 알 수
있었다네. 그들의 신상 명세가 일치했지. 그 행방불명된 남자가
생물학자였다는 사실을 알게 되자, 그자가 스태플턴이라는 확
신이 들었네."

"만약 스태플턴 양이 진짜 그의 아내라면 라이온스 부인은 어
떻게 그들 사이에 끼게 되었지?"

"그게 자네 혼자 힘으로 했던 탐문 덕에 빛을 보게 된 것들 중
하나일세. 나는 라이온스 부인이 남편과 이혼할 궁리를 하고 있
었던 사실을 몰랐지. 그녀가 스태플턴을 미혼으로 생각하고 있
다면, 당연히 그자의 아내가 되기를 바라지 않겠나?"

"그럼 라이온스 부인이 그 사실을 알게 되면?"

"그렇게 되면 우리에게 더욱 도움이 될 걸세!"

"그럼 마지막으로 한 가지만 더 묻겠네. 이 모든 사건의 목적이 뭔가?"

내가 묻자 홈즈는 가라앉은 목소리로 대답했다.

"살인이야, 왓슨. 냉혹한 살인이지. 우리에게 닥친 위험은 이제 단 하나뿐일세. 우리가 행동을 개시하기 전에 그자가 먼저 공격을 해 올 수도 있다는 거지. 하루만 있으면 이 사건은 끝나게 될 걸세. 하지만 그때까지 헨리 경을 잘 경호해 주게. 잠깐!"

바로 그때 적막했던 황무지에서 끔찍한 비명 소리가 터져 나왔다. 나는 피가 얼어붙는 듯했다. 홈즈도 깜짝 놀라 그 자리에서 펄쩍 뛰어올랐다.

"어디서 나는 소리지?"

홈즈가 떨리는 목소리로 물었다. 철인 같은 그가 영혼 깊은 곳까지 흔들리고 있는 듯이 보였다. 끔찍한 비명 소리가 또 한 번 고요한 밤공기를 훑고 지나갔다. 이번에는 더 큰 소리였으며 더 가까이에서 들렸다. 그리고 새로운 소리가 합류했다. 깊은 신음 소리. 그 소리는 음악 같으면서도 위협적인 바다의 파도 소리처럼 밀려왔다가 밀려갔다.

"사냥개일세!"

홈즈가 소리쳤다.

"왓슨, 어서 서두르게! 어서! 맙소사, 우리가 너무 늦지 않았기를……."

우리는 황급히 황무지를 건너갔다. 하지만 이번에는 우리 앞에 있던 거친 땅바닥에서 마지막 절규가 들렸다. 그러고 나자 황무지는 다시 적막 속으로 빠져 들었다.

"왓슨, 우리가 당했네. 너무 늦었어."

"아니, 그렇지 않아!"

"내가 바보처럼 미적거렸어. 만약 최악의 사태가 발생했다면, 이 사건을 책임져야 할 자를 반드시 찾아내서 죗값을 치르는 걸 내 눈으로 보고 말 거야!"

우리는 어둠 속을 달려갔다. 바위에 걸려 넘어지고 비탈길에 미끄러지면서, 소름끼치는 비명 소리가 들려왔던 곳으로 정신없이 달렸다.

왼쪽은 가파른 낭떠러지였다. 낭떠러지 아래에는 돌덩이들이 흩어져 있었는데, 그 돌들 위에 정체불명의 시커먼 물체가 있었다. 가까이 다가가자 남자 한 명이 바닥에 얼굴을 박고 쓰러져 있는 것이 보였다. 목이 꺾여 머리가 몸 아래쪽으로 들어가 있었다.

남자의 몸을 잡아서 일으켜 세우던 홈즈가 갑자기 외마디 소리를 질렀다. 그는 성냥불을 밝혀서 피 묻은 손을 비춘 다음, 핏자국이 서서히 번져 나가고 있던 시신을 비췄다. 헨리 바스커빌 경이었다!

우리는 헨리 경이 입은 붉은빛이 도는 갈색 양복을 알아보았다. 베이커가에서 그를 처음 만났던 날 아침에 입었던 바로 그 옷이었다. 그 옷을 알아보는 순간, 성냥불이 꺼져 버렸다.

"악마, 악마야! 아, 헨리 경을 운명에 내맡긴 나 자신을 결코 용서할 수 없을 걸세."

"왓슨, 비난받아야 할 사람은 자네가 아니라 날세. 사건을 완벽하게 끝내기 위해서 일을 지연시킨 게, 결국 헨리 경의 목숨을 앗아 가게 만든 거야. 하지만 난들 어떻게 알았겠나? 그가 내 경고를 무시한 채 목숨을 걸고 혼자 황무지에 나올 줄을……."

홈즈가 고개를 떨구면서 말했다.

"우리는 그가 지른 비명 소리를 들었어. 오, 세상에! 그 비명 소리! 그를 구하지 못했다는 것을 믿을 수가 없네. 헨리 경을 죽인 그 사냥개는 대체 어디에 숨어 있단 말인가? 그리고 스태플턴! 그는 어디 있지? 무슨 일이 있어도 이 죽음에 대한 응징을 받아야 할 걸세."

"반드시 그렇게 해 주고말고. 그는 당연히 그렇게 될 거야. 나는 꼭 그걸 보고 말 걸세. 삼촌과 조카가 살해당했어. 한 명은 전설 속에 존재한다고 믿었던 짐승을 보고 엄청난 공포 때문에 목숨을 잃었고, 다른 한 명은 온 힘을 다해 그 괴물에게서 달아나다가 숨이 끊어졌네. 이제 우린 스태플턴과 사냥개 사이의 연관성을 증명해야 해. 그 사냥개가 존재한다고 무조건 주장할 순 없어. 헨리 경은 이 돌더미 위로 떨어져서 죽은 거니까. 스태플턴 그자가 아무리 영리하다 해도 오늘 안에 내 손아귀에 들어오게 될 걸세."

우리는 심하게 뒤틀려 있는 시신을 다시 살펴보았다. 그 모습을 보니, 걷잡을 수 없이 눈물이 흘러내렸다.

"홈즈, 사람을 불러와야겠네. 우리 힘으로는 도저히 옮길 수가 없겠어."

그때 홈즈가 느닷없이 소리를 지르며 시신 위로 몸을 숙였다. 그러더니 웃음을 터뜨리면서 내 손을 잡아 흔들어 댔다. 나는 홈즈의 행동을 도무지 이해할 수가 없어서 이렇게 물었다.

"맙소사! 자네, 미쳤나?"

"수염이야, 수염! 이 자는 수염을 길렀다고! 이자는 헨리 경이 아니야."

"수염이라고? 그럼, 이자는?"

"맞아, 탈옥수 셀던이야!"

우리는 시신을 뒤집어 보았다. 차갑고 환한 달빛 아래 피로 범벅이 된 수염이 드러났다. 의심할 여지가 없었다. 바위틈에서 흘러나오던 불빛 뒤로 나를 내다보던 바로 그 얼굴, 탈옥수 셀던이었다.

그 순간 모든 것이 명백해졌다. 헨리 경이 자기가 입던 옷을 배리모어에게 주었다는 말이 기억났다. 배리모어는 그 옷을 탈출할 때 입으라고 셀던에게 준 모양이었다. 구두와 코트, 갈색 양복까지 모두 헨리 경의 것이었다. 나는 홈즈에게 자초지종을 말해 주었다. 그러고 나자 가슴속으로 감사와 안도감이 몰려들었다.

"그것 때문에 이 불쌍한 남자가 죽음을 당했군! 사냥개가 헨리 경이 착용했던 물건의 냄새를 맡고 그를 추격한 거야. 아마도 호텔에서 훔쳐 간 헨리 경의 낡은 구두겠지. 그래서 개가 이 자에게 달려든 걸세."

"하지만 왜 오늘 밤에 사냥개를 풀어 놓았단 말인가? 헨리 경이 황무지로 나올 거라고 생각할 만한 근거도 없이 스태플턴이 개를 풀어 놓지는 않았을 텐데."

순간, 홈즈가 멈칫했다.

"가만, 이게 무슨 소리지? 바로 그자로군! 우리가 의심하고 있다는 내색을 결코 해서는 안 되네!"

저 멀리 사람의 형체가 황무지를 건너 우리 쪽으로 다가오고 있었다. 빨간 담뱃불이 흐릿하게 보였다. 마침내 달빛 아래 그가 모습을 드러냈다. 나는 그가 생물학자 스태플턴이라는 것을 단번에 알아볼 수 있었다. 그는 우리를 보고는 잠시 걸음을 멈추는가 싶더니 계속해서 앞으로 걸어왔다.

"왓슨 박사님 아니오! 맞죠? 이런 시간에 황무지에서 박사님을 만나리라고는 꿈에도 생각지 못했소. 아니, 근데 이건 뭐죠? 누가 다쳤소? 설마 우리의 친구 헨리 경은 아니겠지요?"

그는 황급히 내 앞을 지나 죽은 사람 위로 몸을 숙였다. 잠시 동안 가쁜 숨을 몰아쉬는 소리가 들리더니 그의 손에서 담배가 떨어졌다.

"아니, 이게 누구요?"

그가 다시 한 번 낮은 목소리로 중얼거렸다.

"프린스 마을의 감옥에서 탈옥한 죄수 셀던이지요."

내가 대답했다. 그러자 스태플턴이 창백한 얼굴을 들어 우리를 쳐다보았다. 그는 놀라움과 실망감을 감추려고 무척 애쓰면서 홈즈와 나의 얼굴을 번갈아 보았다.

"어떻게 이런 끔찍한 사건이 일어날 수 있는 거죠? 조금 전에 비명 소리를 들었거든요. 그래서 밖에 나와 본 거예요. 헨리 경이 마음에 걸렸거든요."

"하필이면 왜 헨리 경이 마음에 걸렸지요?"

내가 참지 못하고 물었다.

"오늘 우리 집으로 건너오시라고 청했었지요. 그런데 어쩐 일인지 오시질 않더군요. 그러던 참에 황무지에서 비명 소리가 들리기에 그분에게 무슨 일이 생긴 게 아닌지 걱정이 되었습니다. 그런데 이 가여운 남자는 어쩌다 목숨을 잃었을까요?"

"공포와 추위에 떨다가 굶주림까지 겹쳐 정신이 나간 게 분명합니다. 절망적인 상태에서 황무지를 내달리다가 바위에 발이 걸려 넘어져서 목이 부러진 게지요. 이런 어둠 속에선 충분히 일어날 수 있는 일 아닙니까?"

"그렇군요, 가능한 얘기지요."

스태플턴은 이렇게 말하면서 작게 탄식을 내뱉었다. 왠지 안심하고 있는 것처럼 느껴졌다.

"홈즈 탐정, 당신은 이 일을 어떻게 생각하십니까?"

"바로 절 알아보시는군요."

홈즈가 대답했다.

"왓슨 박사가 여기 내려오신 이후로 홈즈 탐정이 내려오시길 고대해 왔어요. 처참한 죽음을 보러 때맞춰 내려오셨군요."

"그러게 말입니다. 어쨌든 나는 내 친구의 말을 믿습니다. 그나저나 그리 유쾌하지 못한 기억을 안고 저는 내일 런던으로 돌아가야 할 것 같군요."

"아니, 내일 돌아가시려고요? 홈즈 탐정이 내려와서 우리를 괴롭히고 있는 이 복잡한 사건의 실마리를 찾아 주시기만을 바랐는데……."

"늘 바라는 대로 될 수는 없지요. 어떤 사건을 해결할 때는 소문이나 추측이 아닌 사실이 필요한 법이거든요. 솔직히 이 사건은 별로 탐탁지가 않군요."

내 친구는 가능한 한 태연하게 말했다. 하지만 스태플턴은 여전히 홈즈의 표정을 유심히 살폈다. 그러고 나서 나를 향해 말했다.

"이 가엾은 자를 우리 집으로 데려갔으면 좋겠지만, 제 여동생이 몹시 놀랄 것 같아서 차마 그렇게 할 수가 없군요. 내일 아침까지 기다려야 될 듯합니다만."

우리는 그의 말을 따르기로 했다. 이윽고 홈즈와 나는 바스커빌 저택으로 발걸음을 옮겼다. 그러다 문득 뒤를 돌아보니 처참한 최후를 맞은 남자의 시커먼 형체가 바라다보였다. 그 형체는 달빛이 비치는 언덕 비탈에 그대로 쓰러져 있었다. 언덕 너머로 광활한 황무지를 혼자서 건너가고 있는 스태플턴의 형체도 보였다.

"대단히 냉정한 남자로군!"

홈즈가 말했다.

"자신의 계략 때문에 엉뚱한 사람이 죽었는데도 어떻게 그렇듯 재빨리 놀라운 표정을 감출 수 있는지! 왓슨, 예전에 자네한테 말했지만 다시 한 번 말하겠네. 스태플턴은 지금까지 보았던 범인들 중에서 가장 위험한 자일세."

"그런데 스태플턴이 자네를 보았으니 이제 어쩌지?"

"그 점이 마음에 걸리긴 하지만 피할 수 없는 상황이었으니 어쩔 수 없지."

"스태플턴이 앞으로의 계획을 변경할까?"

"갑자기 행동에 돌입할 수도 있고, 아니면 더 신중하게 행동할 수도 있지. 스태플턴은 자신의 치밀함에 우리가 완벽히 속았다고 생각할지도 몰라."

"당장 경찰을 불러 스태플턴을 체포하는 게 낫지 않을까?"

"이보게, 왓슨! 자네는 천성적으로 행동이 앞서는 스타일이지. 자네는 언제나 먼저 움직이려고 해. 하지만 그에게 불리한 증거가 지금은 하나도 없어. 그럴듯한 근거도 없고 단지 추측만 있을 뿐이네."

"찰스 경이 죽음을 당했잖나?"

"찰스 경은 상처 하나 없이 죽은 채로 발견되었지. 자네와 나는 찰스 경이 충격과 공포 때문에 죽었다는 사실을 알고 있네. 그리고 그가 무엇을 보고 놀라서 그렇게 되었는지도 알아. 하지만 법정에서 그 사실을 어떻게 증명할 텐가? 사냥개가 있다는 증거가 있나? 아니면 사냥개에게 물린 자국이라도 있나? 우리야 물론 사냥개는 시체를 물지 않는 데다 찰스 경이 사냥개에게 잡히기 전에 죽었다는 사실을 알고 있지. 하지만 그 사실을 모두 증명해야 하는데 어떤 방식으로 하느냔 말일세."

"그렇다면 오늘 밤에 일어난 사건은?"

"그것도 별로 나을 게 없어. 우린 사냥개를 직접 본 적이 없지 않나? 소리를 듣긴 했지만, 그 개가 탈옥수를 쫓고 있었다는 사실을 증명할 수가 없어. 이보게, 친구. 지금은 우리에게 아무런 근거가 없네. 그러니까 근거를 만들어 내기 위해서는 어떤 위험이라도 감수해야 해. 나는 라이온스 부인에게 기대를 걸고 있네.

라이온스 부인이 뭔가 실마리를 제공하지 않을까? 참, 헨리 경
에게는 사냥개에 대해서 아무 말도 하지 말게. 셀던이 아까 자
네가 설명한 것처럼 죽었다고 생각하게 놔두세.”

“알았네.”

“그리고 내 기억으로는 자네 보고서에 헨리 경이 내일 밤 그
사람들과 식사를 하기로 했다고 적혀 있었던 것 같은데.”

“그래, 나도 가기로 되어 있지.”

“자네는 빠지게. 헨리 경 혼자 가야 해.”

제 13 장

홈즈, 도착하다

헨리 경은 홈즈를 보더니 놀라면서도 반가워했다. 최근 며칠 동안 일어났던 사건들 때문에 홈즈가 런던에서 이곳으로 내려올 거라고 기대하고 있었기 때문이다. 그러나 홈즈가 아무런 준비도 없이 내려온 데다가 어떤 설명도 하지 않자 조금 당황하는 듯한 눈치였다.

우리는 저녁을 먹으면서 헨리 경에게 간단한 얘기만 들려주었다.

"오늘 하루 종일 집에 앉아 있었어요. 혼자서 외출하지 않겠다는 맹세를 지키려고 말이오. 그렇지 않았으면 저녁 시간이 훨씬 더 재미있었을 텐데. 스태플턴이 자기 집에 놀러오라고 했거든요."

헨리 경이 불평하듯 말했다.

"그럼요, 아주 즐거운 저녁 시간을 보냈겠지요."

홈즈가 담담하게 대답했다.

"그런데 조금 전에 우리가 헨리 경의 목이 부러진 줄 알고 슬
퍼했던 일은 모르실 겁니다."

순간 헨리 경의 눈이 휘둥그레졌다.

"아니, 왜죠?"

"그 불행한 친구가 헨리 경의 옷을 입고 있었거든요. 그자에게
옷을 준 이 집 하인이 괜스레 경찰에게 불려 가지는 않을지 모
르겠네요."

"그럴 일은 없을 겁니다. 그 옷엔 어떤 표시도 없거든요."

"그렇다면 다행이군요."

"그건 그렇고 사건은 어떻게 돼 가고 있나요? 뭔가 알아낸 거
라도 있습니까?"

"예, 곧 다 말씀드리게 될 겁니다. 이 사건은 아주 까다롭고 복
잡합니다. 아직 확실하지 않은 문제들이 몇 가지 있긴 하지만
결국 다 밝혀지겠지요."

"왓슨 박사에게 들으셨겠지만, 우린 황무지에서 사냥개가 울
부짖는 소리를 들었습니다. 그건 분명히 개가 짖는 소리였어요.
개를 키워 본 적이 있어서 소리를 구분할 줄 알거든요. 아무래

도 전설에 나오는 사냥개가 아주 허황된 얘기는 아닌 것 같습니다. 전설 속의 그 사냥개를 홈즈 탐정이 잡아온다면 나는 당신을 역사상 가장 위대한 탐정으로 인정할 겁니다."

"그 개의 입에 재갈을 물려 끌고 올 자신이 있습니다. 헨리 경이 나를 도와주기만 한다면 말이죠."

"뭐든지 도와 드리지요."

"좋습니다. 헨리 경이 이유를 묻지 않고 내가 부탁하는 대로만 해 주신다면 문제가 훨씬 빨리 해결될 겁니다. 내 생각에는 분명히……."

홈즈는 갑자기 하던 말을 멈추고 내 머리 위쪽을 뚫어져라 쳐다보았다. 등잔불이 그의 얼굴을 비췄다. 얼굴이 어찌나 굳어 있던지 마치 돌을 깎아 놓은 듯했다. 하지만 두 눈은 기대에 차서 반짝이고 있었다.

"정말 훌륭한 초상화들이군요."

홈즈가 손을 흔들면서 반대쪽 벽을 가리키자 헨리 경이 대답했다.

"모두 우리 가문 조상들일 겁니다."

"물론 그렇겠지요."

홈즈가 맞장구를 쳤다. 그리고 자기 앞의 그림을 가리키며 말했다.

"이것은 17세기 것으로 보이는군요. 초상화 속의 신사 분이 누군지 아십니까?”

“아, 이 모든 문제의 원인 제공자인 망나니 휴고입니다. 아시다시피 바스커빌가의 개에 대한 전설이 그분으로부터 시작되었지요.”

“그래요? 그런데 꽤 조용하고 선량해 뵈는 인상인데요? 나는 좀더 난폭하고 사악하게 생겼을 것이라고 상상했지요.”

“틀림없이 휴고예요. 초상화 뒷면에 1647이라는 연도와 이름이 적혀 있거든요.”

홈즈는 더 이상 별말을 하지 않았다. 하지만 그 초상화에 상당히 흥미를 느끼는 것 같았다. 저녁 식사를 하는 동안에도 자주 그의 시선이 초상화에 가서 머물렀다. 식사를 마치고 헨리 경이 침실로 올라가고 나자, 홈즈는 나를 다시 식당으로 데려갔다.

“이 초상화에서 뭔가 짚이는 게 없나?”

나는 깃털이 달린 챙이 넓은 모자와 곱슬머리, 희고 넓은 옷깃, 그리고 근엄한 얼굴을 바라보았다. 굳게 다문 입술과 싸늘한 눈매 때문인지 표정이 상당히 딱딱해 보였다.

“잠깐, 이렇게 하면 어떤가?”

홈즈는 초상화 앞으로 성큼성큼 걸어갔다. 그리고는 왼손으로 등잔불을 들어 올린 다음, 오른손으로 모자와 긴 곱슬머리를 가렸다.

“세상에!”

나는 깜짝 놀라서 나도 모르게 소리를 질렀다. 그 초상화 안에 스태플턴의 얼굴이 있었다.

"아하! 이제야 알아채는군. 내 눈은 주변의 장식을 빼고 얼굴 자체만 살펴보도록 훈련되어 있지. 그자는 바스커빌가의 후손일세. 분명해. 이로써 이 사건에서 밝혀 내지 못했던 연결 고리를 얻게 되었네. 왓슨, 이제 그자는 우리 손아귀에 들어왔어!"

다음 날 나는 아침 일찍 일어났다. 그런데 홈즈는 나보다 더 일찍 일어나 있었다. 옷을 갈아입다가 창 너머로 주목나무 길을 올라오고 있는 그를 보았다.

"벌써 황무지에 다녀왔나?"

"그림펜에 가서 셀던의 죽음에 관해 보고하는 전보를 프린스 마을로 보냈네. 다음은 헨리 경 차례일세. 아, 저기 오는군!"

"홈즈 탐정, 안녕히 주무셨습니까? 마치 선임 장교를 데리고 전투 작전을 짜는 사령관처럼 보이십니다."

"잘 보셨습니다. 지금 바로 그런 상황입니다. 명령을 내리지요. 헨리 경께서는 오늘 저녁 우리의 친구 스태플턴과 함께 저녁 식사를 하는 것으로 알고 있습니다만."

"탐정께서도 함께 가시지요. 당신을 보면 그들이 아주 기뻐할 겁니다."

"죄송하지만 왓슨과 나는 런던으로 가야 합니다."

"런던이라니요? 일이 해결될 때까지 이곳에서 도와주시는 게
아니었나요? 그런 줄 알았는데……. 이 저택과 황무지는 혼자
지내기에 그다지 유쾌한 곳이 못 되거든요."

"헨리 경, 날 믿으시오. 나는 한다고 하면 하는 사람입니다. 당
신과 함께 가고 싶은 마음은 굴뚝같지만, 갑자기 급한 일이 생
겨서 런던으로 돌아갔다고 같이 식사를 하는 친구 분에게 전해
주십시오. 꼭 그렇게 전해 주셔야 합니다. 그리고 왓슨, 스태플
턴 씨에게 저녁 식사를 하러 가지 못해 미안하다는 편지를 써
주겠나?"

"나도 당신들과 함께 런던에 가고 싶소. 왜 나 혼자만 여기에
남아 있어야 하죠?"

헨리 경이 다그쳤다.

"여기가 당신의 작전지이기 때문이오. 내가 하라는 대로 하겠
다고 약속하지 않았습니까? 여기 남아 있으라는 것은 내 명령이
오."

"알겠습니다. 그렇다면 남아 있지요."

"한 가지 더 있어요! 메리핏 하우스까지 마차를 타고 갔으면
좋겠소. 그리고 마차는 돌려보내고 집에 갈 때는 걸어갈 거라는
사실을 그들에게 알려 주시오."

"황무지를 걸어서 오라고요? 하지만 당신이 그렇게 하지 말라
고 누누이 경고하지 않았습니까?"

"나는 헨리 경의 용기를 믿고 있습니다. 그렇지 않으면 이런 제안을 하지 않았을 거요. 헨리 경이 이 일을 해내는 것은 대단히 중요합니다."

"그렇다면 시키는 대로 하지요."

"그리고 목숨을 소중하게 여긴다면 메리핏 하우스에서 그림펜으로 난 직선 길을 따라 황무지를 건너오시오. 평소에 집으로 돌아오는 길 말입니다. 절대로 다른 길로 오면 안 돼요."

"탐정께서 하라는 대로 하겠소."

나는 이 새로운 계획이 정말 뜻밖이라고 생각했다. 그 전날 밤에 홈즈는 스태플턴에게 다음 날까지만 이곳에 있겠다고 말하긴 했다. 하지만 나까지 함께 가자고 할 줄은 전혀 생각지 못했다. 자신의 입으로 지금이 가장 위험한 순간이라고 말했으면서, 어떻게 둘 다 이곳을 떠나려고 하는지 나로선 이해가 되지 않았다. 하지만 그의 말을 따를 수밖에 없었다.

두 시간 후 우리는 쿰 트레이시 역에 도착했다. 타고 왔던 마차는 곧 되돌려 보냈다. 홈즈는 플랫폼을 지키고 있는 꼬마를 불러 심부름을 시켰다.

"카트라이트, 너는 이 기차를 타고 런던으로 가거라. 그리고 그곳에 도착하자마자 헨리 바스커빌 경에게 내 이름으로 전보를 치렴. 내용은, 수첩을 두고 왔으니 그것을 찾아서 등기 우편으로 베이커가로 부쳐 주십사 하는 것이다."

“알겠습니다.”

그러고 나서 홈즈는 역무실에 가서 자기 앞으로 온 우편물이 있는지 물었다. 전보가 하나 와 있었다.

탐정께서 보낸 전보는 잘 받았음. 영장 지참하고 내려가겠음.
5시 40분 도착 예정.

—레스트레이드

“이건 내가 오늘 아침에 보낸 전보에 대한 답일세. 레스트레이드는 최고의 경찰이지. 그의 도움이 필요할지도 몰라. 자, 왓슨, 이제 라이온스 부인을 찾아가 보자고. 시간을 보내기에는 그게 가장 좋은 일이야.”

그의 계획이 점점 분명해지고 있었다. 그는 헨리 경을 이용해서, 스태플턴이 우리가 정말 바스커빌 저택을 떠났다고 생각하게 만들 계획이었다.

라이온스 부인은 사무실에 있었다. 홈즈는 그녀가 깜짝 놀랄 정도로 단도직입적으로 말을 꺼냈다.

“나는 찰스 바스커빌 경의 죽음을 조사하고 있는 중입니다. 부인은 찰스 경에게 열 시까지 주목나무 길에 있는 쪽문으로 나와 달라는 부탁을 했다고 자백했습니다. 우리는 그때 그 장소에서 찰스 경이 죽음을 당했다는 것을 알고 있고요. 그런데 부인께서는 지금 그 두 가지 일의 연관성을 전혀 인정하지 않고 있습니다.”

“아무 연관성도 없어요.”

“정말 이상하군요! 라이온스 부인, 솔직하게 말씀드리지요. 우리는 이 일을 살인 사건으로 보고 있어요. 이 사건에는 당신의 친구 스태플턴 씨뿐만 아니라 그의 아내까지 얽혀 있단 말입니다.”

순간 라이온스 부인이 자리에서 벌떡 일어나며 소리쳤다.

“그의 아내라니요!”

“그 사실은 이제 더 이상 비밀이 아니오. 그가 여동생이라고 부르는 사람이 바로 그의 아내예요.”

“그의 아내라고요? 그의 아내라고 했나요? 그는 유부남이 아니에요. 증거를 대 보세요. 증거만 댄다면……”

그녀의 두 눈에 번득이는 분노는 그 어떤 말보다 더 많은 것을 우리에게 알려 주었다.

“증거를 댈 준비를 해 왔소.”

홈즈는 주머니에서 서류를 여러 장 꺼냈다.

“여기 두 사람의 사진이 있소. 사 년 전 요크셔에서 찍은 사진이지요. 사진 뒤에 ‘반델러 부부’라고 적혀 있긴 하지만, 그 남자가 누군지는 알아보시겠지요? 그리고 그의 여동생이 어떻게 생겼는지 안다면 부인도 알아볼 수 있을 겁니다. 여기, 당시 세인

트 올리버 사립 학교를 운영했던 반델러 부부를 보았던 사람이 정직하게 진술한 기록이 있습니다. 읽어 보시지요.”

라이온스 부인은 얼른 사진을 보더니 절망에 빠진 얼굴로 말했다.

“탐정님, 이 남자는 남편과 이혼하라는 조건을 걸고 내게 청혼을 했어요. 거짓말을 한 거죠. 이제야 내가 그의 손에 놀아난 장난감에 불과했다는 걸 알겠어요. 그렇다면 내가 그에게 진실할 이유가 없죠. 그자가 저지른 사악한 행동이 가져올 결과로부터 그를 지켜 주려고 노력할 이유가 뭐가 있겠어요? 무엇이든 물어보세요. 아는 대로 대답해 드리죠. 사실 그 편지를 쓸 때는 찰리 경께 어떤 해가 닥치리라고는 꿈에도 생각지 못했어요. 얼마나 친절한 분이셨는데요.”

“부인을 믿습니다. 스태플턴이 편지를 보내라고 했소?”

“예, 편지에 쓸 내용까지도 말해 줬어요.”

“찰스 경이 이혼 수속에 필요한 비용을 도와줄 거라고 그가 그러던가요?”

“그랬어요.”

“편지를 보낸 후에는 약속을 지키지 말라고 설득했고요?”

“예, 그런 일로 다른 남자의 돈을 받는다는 게 자기로서는 자존심 상하는 일이라고 하더군요.”

“나중에는 찰스 경과의 약속에 대해서는 아무 말도 하지 말라고 맹세하게 했겠죠?”

“그랬어요. 편지와 관련된 사실이 알려지면 내가 의심을 받을 거라고 했어요. 그는 내게 겁을 주면서 입을 다물라고 했지요.”

“알겠습니다. 그런데 부인은 시간이 갈수록 스태플턴을 의심하게 됐지요?”

부인은 잠시 머뭇거리다 고개를 떨구었다.

“그랬습니다. 하지만 그 사람이 내게 신의를 지켰다면 나도 그렇게 했을 거예요.”

“그동안 부인은 대단히 운이 좋으셨습니다.”

홈즈가 말했다.

“부인께서 그자의 약점을 쥐고 있고, 그가 그 사실을 알고 있는데도 아직 살아 계시니 말입니다. 그럼 이만 물러가겠습니다. 안녕히 계십시오.”

라이온스 부인의 사무실을 나오자마자 홈즈는 이렇게 말을 했다.

“이제 증거가 완벽해져 가고 있네. 난관도 하나하나 해결이 되어 가고 말이야.”

우리는 곧장 쿰 트레이시 역으로 갔다. 그리고 런던발 급행 열차가 도착하길 기다렸다. 기차가 역에 서자 몸집이 작고 성격이 활달해 뵈는 남자가 일등석에서 뛰어 내려왔다. 레스트레이드였다. 우리는 서로 악수를 나눴다.

잠시 후, 홈즈가 그에게 말했다.

"작전 개시까지 두 시간이 남았네. 그동안 저녁을 먹도록 하지, 레스트레이드. 그리고 나서 런던의 매연에 찌든 자네의 허파를 다트무어의 깨끗한 공기로 씻어 내는 게 어떻겠나? 다트무어에는 처음이지? 그렇다면 첫 방문을 잊지 못하게 될 거야."

제 14 장

안개 속의 사냥개

이것을 단점이라고 말해도 될지 모르겠지만, 홈즈의 단점 중
하나는 자신이 세운 계획을 실행에 옮기는 그 순간까지 다른 사
람에게 온전히 알려 주는 법이 없다는 것이다. 어쩌면 그것은
주위 사람들을 압도하고 놀라게 하는 것을 좋아하는 그의 기질
탓인지도 모르겠다. 만약의 경우를 염려하는 직업적 조심성 탓
일 수도 있고.

그러나 그것은 그의 대리인이나 조수 역할을 하는 이들에게
는 아주 가혹한 일이 아닐 수 없다. 나는 그의 그런 성격 때문에
힘들었던 적이 한두 번이 아니었다. 마차에 올라 깜깜한 어둠
속을 하염없이 달려가고 있는 지금도 그랬다.

우리 앞에는 엄청난 시련이 기다리고 있었다. 마침내 마지막 행동에 돌입할 순간이 왔다. 그런데 홈즈는 한마디도 하지 않고 있었고, 나는 그의 계획을 오로지 추측만 하고 있을 뿐이었다.

마차를 빌려 황무지로 되돌아가는 동안, 우리는 마부 때문에 자세한 얘기를 나눌 수가 없었다. 그래서 사건 현장인 바스커빌 저택이 가까워 오자 반가운 마음이 들기까지 했다. 우리는 주목 나무 길에 난 문 쪽으로 내려갔다. 마차를 돌려보내고 메리핏 하우스까지 걸어가기로 한 것이었다.

"그다지 유쾌한 곳은 아닌 것 같군요."

레스트레이드가 주변의 시커먼 능선들과 그림펜 늪 위로 낮게 깔려 있는 안개의 바다를 둘러보며 말했다.

"저 앞에 불빛이 보이는데요."

우리는 소리를 죽인 채 오솔길을 따라 메리핏 하우스 쪽으로 걸었다. 그런데 그 집에서 이백 미터쯤 떨어진 곳에서 홈즈가 갑자기 걸음을 멈췄다.

"이거면 되겠군. 이 바위들이 몸을 숨기기엔 더없이 안성맞춤이야. 여기에 엎드려서 기다리세. 레스트레이드, 구멍이 뚫려 있는 곳으로 들어가게. 그리고 왓슨, 자네는 집 안에 들어가 본 적이 있으니 방의 위치를 기억하겠지? 소리 내지 말고 다가가서 그들이 뭘 하고 있는지 알아보게. 그들이 감시당하고 있다는 것을 절대 눈치채게 해서는 안 되네!"

나는 소리를 죽이고 오솔길을 따라가다가 낮은 담장 뒤로 몸을 낮췄다. 그리고 벽의 그림자에 몸을 숨긴 채 살금살금 걸어갔다. 식당이 들여다보이는 지점에 이르렀을 때 걸음을 멈추었다. 다행히 커튼이 내려져 있지 않아서 안이 훤히 들여다보였다.

방 안에는 남자 둘밖에 없었다. 헨리 경과 스태플턴이었다. 두 사람은 옆모습을 보인 채 동그란 탁자에 마주앉아 있었다. 스태플턴은 뭔가 열심히 떠들어 대고 있었지만, 헨리 경은 창백한 얼굴로 멍하게 앉아 있었다. 불길하디불길한 황무지를 혼자 걸어서 집으로 돌아가야 한다는 생각 때문에 마음이 불안한 모양이었다.

잠시 후 스태플턴이 일어서더니 방을 나갔다. 삐걱 하고 문이 열리는 소리가 들리고 나서, 내가 엎드려 있는 담 앞으로 지나가는 발자국 소리가 들렸다. 담장 너머로 안을 살펴보니, 스태플턴이 과수원 한쪽 구석에 있는 헛간 앞에 서 있었다.

그는 자물쇠를 따고 헛간 안으로 들어갔다. 귀를 기울여 보니 안에서 누군가와 한바탕 실랑이를 하고 있는 듯했다. 그러고 나서 일 분가량 시간이 흘렀을까? 스태플턴은 헛간 밖으로 나와 다시 자물쇠를 잠근 다음, 내가 숨어 있는 곳을 지나 집 안으로 들어갔다. 나는 동료들이 있는 곳으로 돌아가서 내가 본 것을 얘기해 주었다.

"부인이 집 안에 없단 말인가?"

내 말이 끝나자마자 홈즈가 물었다.

"그럼 어디에 있는 거지? 다른 방은 불이 다 꺼져 있는데?"

바로 그때 그림펜 늪 위로 두껍게 깔려 있던 안개가 서서히 우리 쪽으로 밀려오기 시작했다. 안개는 돌덩이처럼 무겁게 내려앉았다.

"왓슨, 안개가 우리 쪽으로 움직이고 있네. 안개 때문에 내 계획이 망가질 수도 있겠어. 이 오솔길이 안개로 덮이기 전에 헨리 경이 밖으로 나와야 해. 우리의 성공과 헨리 경의 목숨이 모두 거기에 달려 있다네."

밤하늘은 구름 한 점 없이 맑았다. 차가운 별들이 밝게 빛나고 사방이 부드러운 달빛으로 물들어 있었다. 그러나 황무지의 절반 이상을 덮고 있던 하얀 안개가 시시각각 집 쪽으로 다가오고 있었나. 정원의 담장은 이미 안개에 덮여 보이지 않았고, 나무들만이 안개 속에 우뚝 서 있었다.

홈즈는 화가 난 듯 앞에 있는 바위를 두드리며 발을 동동 굴러댔다.

"헨리 경이 십오 분 이내에 나오지 않으면 오솔길이 안개에 덮여 버릴 텐데. 삼십 분 후면 눈앞에 있는 우리 손도 보이지 않을 거야."

"그럼 뒤로 물러나서 높은 지대로 올라가면 어떨까?"

"그래, 그러는 게 좋겠군."

서서히 밀려오는 안개 때문에 우리는 뒤로 물러나지 않을 수 없었다. 그 바람에 메리핏 하우스에서 팔백 미터 정도나 떨어져 있게 되었다.

“너무 멀리 가서는 안 되네. 헨리 경이 우리가 있는 곳까지 오기 전에 잡힐 수도 있으니까. 그건 너무 위험한 일이야. 아, 다행이군. 헨리 경이 나오는 것 같아.”

홈즈가 말했다.

오래지 않아 빠른 발자국 소리가 황무지의 적막을 깼다. 우리는 바위 뒤에 숨어서 앞을 가로막고 있는 안개의 벽을 지켜보고 있었다. 발자국 소리가 점점 커졌다.

드디어 안개 속에서, 마치 커튼을 젖히고 나오듯이 우리가 기다리던 남자가 나타났다. 그는 달빛 속으로 걸어 나오면서 놀란 듯 주위를 살폈다. 그러고는 빠른 걸음으로 오솔길을 따라 걸어왔다. 우리가 엎드리고 있는 곳 부근을 지날 때는 우리 뒤쪽으로 뻗은 긴 산비탈을 올려다보았다. 그는 걸어가면서도 초조한 듯 쉼 없이 좌우를 두리번거렸다.

“나타났다!”

홈즈가 권총을 들어 올리며 소리쳤다.

“조심해! 이리 오고 있어!”

안개 속의 심장부 어디쯤에서 무언가가 달려오는 소리가 희미하게 들렸다. 안개는 우리가 엎드려 있는 곳에서 오십 미터 이내까지 밀려와 있었다. 우리는 안개 속에서 어떤 놀라운 것이 튀어나올지 상상조차 하지 못한 채 그쪽을 꼼짝없이 지켜보고 있었다.

나는 옆에 있는 홈즈의 얼굴을 슬쩍 훔쳐보았다. 창백하고 긴장된 표정이었다. 두 눈은 달빛을 받아 반짝이고 있었다. 그때 갑자기 홈즈가 앞으로 튀어나갔다. 레스트레이드는 공포에 질려 외마디 소리를 지르며 땅바닥으로 몸을 날렸다. 나는 총을 손에 쥔 채로 벌떡 일어났다. 하지만 안개 속에서 나타난 끔찍한 형체를 보자 그 자리에서 꼼짝할 수가 없었다.

거대한 검정색 사냥개였다. 쩍 벌어진 주둥이에서는 불이 뿜어져 나오고 있었고, 두 눈은 이글이글 타오르고 있었다. 턱 언저리에도 불꽃이 일렁였다. 안개의 벽에서 튀어나온 그 검은 형체를 보는 것은 그 어떤 악몽보다 무시무시했다.

거대한 짐승은 사람 키를 훌쩍 뛰어넘어 우리를 지나쳤다. 홈즈와 나는 총을 쏘아 댔다. 곧 그 짐승이 고통스러운 듯 외마디 소리를 냈다. 우리 둘 중 한 명이 쏜 총에 맞은 게 분명했다. 그렇지만 짐승은 계속 날뛰고 있었다. 나는 쉬지 않고 연달아 총을 쏘아 댔다.

저 멀리 오솔길에 헨리 경의 모습이 보였다. 그의 얼굴은 달빛을 받아 파리했다. 그는 두려움에 떨며 두 손을 들어 올렸다. 자신을 향해 미친 듯이 돌진하는 그 끔찍한 짐승을 보고 어찌할 줄 몰라 얼어붙은 듯했다.

우리가 오솔길을 달려가는 동안, 헨리 경의 비명 소리와 사냥
개의 깊은 신음 소리가 끊이지 않고 들려왔다. 어느새 그 짐승
이 헨리 경을 바닥에 쓰러뜨리고 그의 목을 공격하고 있었다.
그 광경을 보는 순간, 홈즈가 짐승의 옆구리에 다섯 발을 쐈다.
개는 고통을 못 이겨 마지막으로 비명을 지르고는 뒤로 나동그
라졌다. 그러고는 옆으로 누워 더 이상 움직이지 않았다.

나는 허리를 굽힌 뒤 가쁜 숨을 몰아쉬며, 아직도 불꽃이 이글
거리는 무시무시한 괴물의 머리를 총으로 눌렀다. 하지만 쏘지
는 않았다. 그 거대한 개는 이미 죽어 있었다.

헨리 경은 넘어져서 바닥에 누워 있었다. 그는 꼼짝도 하지 않
았다. 우리는 그의 옷깃을 뜯어 냈다. 홈즈는 그의 몸에 상처가
없는 것을 확인하자 안도의 한숨을 크게 내쉬었다. 우리가 때맞
춰 도착한 것이었다. 헨리 경의 눈꺼풀이 가늘게 떨리더니 몸을
약간 들썩였다. 그는 겁에 질린 눈으로 우리를 쳐다보았다.

"세상에! 그게 뭐였소? 도대체 그게 뭐란 말이오?"

"무엇이든 간에 이미 죽었어요. 우리가 바스커빌가의 악마를
완전히 끝내 버렸소."

홈즈가 말했다.

무시무시한 짐승이 우리 앞에 사지를 쭉 뻗은 채 누워 있었다.
그것은 무척 힘이 세어 보였을 뿐 아니라 황무지에서 기르는 망

아지만큼이나 몸집이 컸다. 죽어서 꼼짝할 수 없게 된 그 순간까지도 턱 언저리에서 푸른 불꽃이 어른거렸다. 사나운 눈가에도 아직 불꽃이 남아 있었다. 개의 주둥이를 손으로 쓸어내리자 손가락이 어둠 속에서 빛을 발했다.

"인이로군."

"인을 사용하다니 아주 영리해."

홈즈가 대답했다.

"인은 냄새가 전혀 없기 때문에 개의 후각을 방해하지 않지. 헨리 경, 정말 죄송합니다. 사냥개에 대한 대비는 했지만 이런 괴물일 거라고는 미처 생각지 못했소. 그리고 안개 때문에 일을 처리할 시간이 너무 없었어요. 오늘 밤에는 더 이상 모험을 할 상태가 아닐 거요. 여기서 기다리시오. 그러면 우리 중 한 명이 저택으로 모셔다 드리겠소."

우리는 그를 바위가 있는 곳으로 데려갔다. 그는 두 손으로 머리를 감싼 채 말없이 앉아 있었다.

"그자를 집에서 찾아낼 가능성은 거의 없네."

홈즈는 오솔길을 서둘러 내려가면서 이렇게 말했다.

"총소리 때문에 이미 게임이 끝났다는 것을 알아챘을 걸세. 그래도 확실히 하기 위해 집을 수색해 보세."

마침 현관문이 열려 있어서 우리는 곧장 집 안으로 달려 들어갔다. 우리는 급히 이 방 저 방을 뒤졌다. 그자의 흔적은 어디에서도 보이지 않았다. 그런데 이층 침실 중 한 곳의 문이 잠겨 있었다.

"이 안에 누가 있어요!"

레스트레이드가 소리쳤다.

"뭔가 움직이는 소리가 들리는데……. 문을 열어요!"

안에서 희미한 소리가 새어 나왔다. 레스트레이드가 자물쇠 바로 위를 발로 냅다 걷어찼다. 그러자 문이 활짝 열렸다. 우리는 손에 총을 들고 안으로 뛰어 들어갔다.

방 안에서는 기이한 광경이 펼쳐지고 있었다. 방 한가운데에 지붕을 떠받치고 있는 나무 기둥이 있었는데, 그 기둥에 사람이 침대 시트로 감싸인 채 매달려 있었다. 침대 시트를 뒤집어쓰고 있어서 여자인지 남자인지는 구별할 수가 없었다.

시트 한 장은 몸을 휘감은 다음 기둥 뒤로 묶여 있었고, 또 한 장은 얼굴의 아랫부분을 덮고 있었다. 그 위로는 슬픔과 수치심이 가득한 두 눈이 우리를 내려다보고 있었다. 묶어 놓은 시트를 다 풀고 나자, 스태플턴 부인이 마룻바닥으로 고꾸라졌다. 고개를 숙이고 있었는데, 목 뒤에 회초리 자국이 빨갛게 드러나 보였다.

"정말 악마 같은 인간이로군! 부인을 어서 의자에 앉히게! 기절했어!"

잠시 후 스태플턴 부인이 눈을 떴다.

"그분은 도망갔나요?"

"우리 손에서 빠져나갈 수 없을 겁니다."

"아뇨, 제 남편 얘기가 아니에요. 헨리 경은 안전하신가요?"

"예, 안전합니다."

"사냥개는 어떻게 됐죠?"

"죽었소."

"다행이군요! 잔인한 인간 같으니……. 그자가 저한테 어떻게
했나 보세요."

그녀가 팔을 내밀며 말했다. 양팔이 모두 시퍼런 멍자국으로
덮여 있었다.

"그렇지만 이건 아무것도 아니에요. 이런 것은 얼마든지 참을
수 있어요. 악랄하게 다루는 것이나 외로움, 거짓된 삶, 그 어떤
것도요. 그가 나를 사랑한다는 믿음만 있다면요. 하지만 이번에
도 저를 속이고 이용했다는 것을 알게 되었어요."

"그럼 어디 가면 그자를 찾을 수 있는지 알려 주시오."

"늪 한가운데에 있는 섬에 오래된 주석 광산이 있어요. 개를
그곳에 숨겨 두었었죠. 거기에 숨어 있을 거예요."

안개가 걷히기 전에는 그를 찾아 나서 봐야 아무런 소용이 없
었다. 우리는 레스트레이드를 메리핏 하우스에 남겨 두고 헨리
경을 바스커빌 저택으로 데려갔다.

그는 그날 밤에 일어난 사건에 충격을 받은 나머지 밤새도록

고열에 시달렸다. 모티머가 저택에 머물면서 그를 돌보았다. 몇 달이 지난 후에야, 그는 바스커빌 저택으로 오기 전의 건강한 몸을 되찾을 수 있었다.

이제 나는 서둘러 이 기이한 이야기를 끝내야겠다. 사냥개가 죽은 다음 날 아침, 안개는 말끔히 걷혀 있었다. 우리는 스태플턴 부인의 안내를 받아, 늪을 건너가는 오솔길 입구에 도착했다. 작은 나뭇가지를 이용해, 녹색으로 덮인 늪을 통과하는 오솔길을 표시해 놓았다.

숨을 들이쉴 때마다 썩은 냄새가 코를 찔렀다. 우리가 발을 디디는 곳에서 불과 몇 미터 떨어지지 않은 곳에서 늪이 부르르 떨며 출렁거렸다. 한 발만 잘못 디디면 검은 진흙 속으로 빠져들 것 같았다. 걸어가는 내내 깊은 수렁이 우리를 빨아들일 듯이 발을 잡아끌었다.

우리보다 앞서 누군가가 그 길을 지나갔던 흔적은 딱 한 번밖에 없었다. 늪 위의 풀이 무성한 곳에 검은 물체가 놓여 있었다. 홈즈는 그것을 잡으려고 오솔길을 벗어났다가 허리까지 빠져버렸다. 레스트레이드와 내가 그를 꺼내 주지 않았더라면 그는 다시는 단단한 땅을 밟지 못했을 터였다. 그는 낡은 검정색 구두를 공중으로 들어 올렸다. 구두의 안쪽에 '마이어스, 토론토'라고 찍혀 있었다.

"우리의 친구 헨리 경이 잃어버린 구두로군. 스태플턴은 이 구두를 이용해서 사냥개들이 그를 추격하게 만들었겠지. 이 지점에서 이걸 내던진 걸 보니, 적어도 여기까지는 안전하게 왔다는 말이군."

늪에서 그의 흔적을 더는 찾을 수가 없었다. 얼마 후 땅이 좀 단단해지는 곳에 이른 뒤부터는 본격적으로 그의 발자국을 찾기 시작했다. 하지만 아무것도 눈에 띄지 않았다. 잔인한 냉혈한은 거대한 그림펜 늪의 진흙 속으로 빨려 들어가 영원히 묻혀 버린 걸까?

섬에는 그가 남긴 흔적들이 많았다. 우리는 폐허가 된 광산을 찾아냈다. 근처에는 광부들이 살던 집의 일부가 남아 있었다. 그 중 한 곳에 쇠사슬과 뼈다귀가 잔뜩 쌓여 있는 것으로 보아 개를 가둬 두었던 장소인 게 분명했다.

"자, 이곳은 이제 더 이상 비밀을 간직하고 있는 것 같지 않군. 짐승은 숨겨 둘 수 있었겠지만 소리까지 못 내게 할 수는 없었겠지. 그래서 그리 유쾌하지 않은 울부짖음이 들렸던 거야. 대낮에도 말일세. 이 깡통에 들어 있는 반죽은 야광 염료군. 아주 영리한 생각이야. 황무지에서 그런 짐승을 만난다면, 감히 짐승의 코앞까지 가서 살펴볼 사람이 있을까? 이보게, 왓슨! 다시 말하지만 내가 저기 어디엔가 쓰러져 있을 그자보다 더 위험한 자를 추적한 적은 없었다고 했지?"

홈즈가 팔을 길게 뻗어 저 멀리 황무지의 산비탈까지 이어져 있는 녹갈색 늪을 가리키며 말했다.

제 15 장

수수께끼를 풀다

11월 말의 눅눅하고 안개 낀 밤이었다. 홈즈와 나는 베이커가의 응접실에서 밝게 타오르는 난로를 가운데 두고 마주 앉아 있었다.

바스커빌가의 사건 이후, 홈즈는 매우 중요한 사건을 연달아 두 개나 처리했다. 그래서 기분이 굉장히 좋은 상태였다. 그 틈을 이용해, 나는 그에게 바스커빌 저택과 관련된 사건을 자세히 캐물을 수 있었다.

사실 그동안 나는 끈기 있게 이런 기회만 노리고 있었다. 왜냐하면 홈즈는 어떤 사건을 맡았을 때, 다른 일은 절대 생각하지 않기 때문이었다. 게다가 나는 홈즈가 자신의 기억 속에서 과거의 일을 끄집어 내기 위해 현재의 사건을 미뤄 놓지 않는다는 것을 잘 알고 있었다.

그러나 그 즈음 헨리 경과 모티머가 긴 여행을 떠나려고 마침 런던에 와 있었다. 정신적 충격에서 벗어나기 위해서는 여행을 하는 게 좋을 거라는 충고를 헨리 경이 받아들인 것이었다.

헨리 경과 모티머가 우리를 찾아온 날, 나는 자연스럽게 사건의 경위를 들을 수 있었다.

홈즈가 입을 열었다.

"스태플턴 부인과 두 번 대화를 나눴는데, 그때 이 사건의 전말이 모두 밝혀졌다네. 초상화는 거짓말을 하지 않지. 스태플턴은 정말로 바스커빌가의 사람이었어. 찰스 경의 동생인 로저 바스커빌의 아들이었지. 소문이 나빠서 중앙 아메리카로 도망갔던 사람 말일세. 그 사람이 미혼으로 죽었다는 얘기는 자네도 기억할 걸세. 그런데 사실은 결혼을 해서 아들을 낳았는데, 그 아들이 바로 스태플턴이야. 그는 그 지방 출신인 미녀 베릴 가르시아하고 결혼을 했고, 상당액의 공금을 횡령한 다음 이름을 반델러로 개명하고 영국으로 건너왔지. 요크셔에서 학교를 운영했는데, 학교에 대한 소문이 좋지 않아 문을 닫고 말았어. 반델러 부부는 다시 이름을 스태플턴으로 바꾸고는 남매 행세를 했다네. 그리고 남은 재산과 생물학적 지식을 가지고 영국 남부로 온 걸세."

홈즈는 설명을 계속했다.

"그는 우선 자기 손에 넣고자 하는 조상의 저택 가까운 곳에 정착하는 것으로 작전을 개시했지. 그래서 메리핏 하우스에 머문 거야. 두 번째 작전은 찰스 바스커빌 경과 친분을 쌓는 것이었네. 스태플턴은 모티머 선생으로부터 찰스 경이 심장이 약하기 때문에 충격을 주면 사망할 수도 있다는 사실을 알게 되었지. 또 찰스 경이 사냥개에 관한 전설을 매우 심각하게 받아들이고 있다는 사실도 알아냈다네.

그래서 살인 혐의를 받지 않고 그를 죽일 방법을 고안했지. 그는 런던에서 가장 힘세고 사나운 개를 한 마리 사들였다네. 곤충 채집을 하면서 이미 늪을 건너는 길을 알고 있었고. 그는 개를 숨겨 둘 만한 곳을 찾은 다음 기회를 노리고 있었던 거지.

하지만 이 노신사를 밤에 집 밖으로 나오게 할 도리가 없었다네. 스태플턴은 자기 아내를 이용하려고 했지만 부인이 말을 듣지 않았어. 위협이나 매질로도 그녀를 설득할 수 없었지. 그러던 차에 찰스 경이 불행에 처한 로라 라이온스 부인을 돕는 일에 참여해 달라고 그에게 부탁을 했던 걸세. 미혼으로 가장하고 살았던 스태플턴이 그 부탁을 흔쾌히 받아들였음은 물론이고. 그는 곧 라이온스 부인을 손아귀에 넣고는 남편과 이혼하면 결혼하자는 약속까지 했던 걸세.

그런데 느닷없이 찰스 경이 저택을 떠날 거라는 소식을 듣게 되자 즉각 행동에 돌입해야 했지. 그래서 라이온스 부인에게 압력을 넣어 찰스 경이 런던으로 떠나기 전에 부인과 만나도록 간청하는 편지를 쓰게 했던 거라네. 그런 다음에는 약속 장소에 가지 말라고 여자를 설득한 거야. 바야흐로 그에게 기회가 온 거지.

그는 발광 염료를 칠한 개를 데려가 황무지로 통하는 문에서 라이온스 부인을 기다리고 있던 찰스 경을 덮치게 했네. 캄캄한 주목나무 길에서 눈이 이글이글 타고 턱에서는 불꽃이 뚝뚝 듣는 거대한 짐승을 본다는 게 얼마나 끔찍한 일이었겠나? 찰스 경은 '걸음아, 날 살려라!' 달아났고, 길이 끝나는 부분에서 심장 이상과 공포로 쓰러져서 죽었던 거야. 그는 사냥개를 다시 불러들인 다음 서둘러 늪으로 달아났다네.

이 사건을 사실상 살인 사건으로 생각하기는 불가능했을 걸세. 그의 유일한 공범자는 결코 그를 배신할 수 없는 짐승이었으니까. 그런데 여자들 둘이 스태플턴을 의심했지. 둘 다 그의 손아귀에 있었으니 그 여자들을 겁낼 필요가 없었겠지만 말야. 사실 스태플턴은 캐나다에 있는 상속자의 존재를 알지 못했어. 그런데 모티머 선생을 통해 헨리 경에 대해 듣고 난 후 그를 런던에서 죽이려고 마음먹었네.

찰스 경을 함정에 빠뜨리려고 할 때, 아내가 도와주기를 거부한 후로, 그는 아내가 눈앞에 있지 않으면 믿을 수가 없게 되었지. 그래서 그녀를 데리고 런던으로 갔던 걸세. 그는 아내를 호텔 방에 가둬 두고 가짜 수염을 달고는 베이커가와 워털루 역, 노섬버랜드 호텔까지 모티머 선생을 미행했지.

그의 아내는 남편이 너무나 두려워서 위험에 빠져 있는 사람에게 경고를 해 줄 수가 없었지. 그래서 단어를 오려 짧은 메모를 만든 다음 헨리 경에게 보냈던 걸세."

"그 무렵 헨리 경의 구두가 사라졌었지."

내가 끼어들자 홈즈가 고개를 끄덕였다.

"개가 헨리 경을 추격하게 만들려면 뭐든 그의 소지품이 필요했어. 그런데 처음에 훔친 구두는 새것이라 소용이 없었던 거야. 그래서 그것을 돌려주고 다른 구두를 훔쳤던 걸세. 기어이 신던 구두를 훔치겠다는 그의 일념 때문에 우리는 상대가 살아 있는 사냥개라는 사실을 알게 된 걸세. 몸에 걸쳤던 적이 있는 물건이라야 주인의 냄새가 날 게 아닌가.

어떤 사건이든 기이하고 무의미할수록 더욱 면밀히 고려해 봐야 해. 사건을 복잡하게 만드는 것처럼 보이는 바로 그 점을 과학적으로 조사하면 종종 사건의 실마리를 제공해 주거든. 그리고 다음 날 아침, 우리의 친구들이 이곳을 찾아왔고, 스태플턴은 마차를 타고 그들을 미행한 걸세. 그러다가 내가 런던에서 이 사건을 맡게 된 것을 알게 되자, 여기서는 가능성이 없다고 생각하고 다트무어로 돌아갔던 거라네.

인쇄된 단어를 오려 붙여서 만든 경고문을 조사할 때, 나는 그
것을 눈에 아주 가까이 갖다 대고 봤다네. 그때 어렴풋이 향수
냄새를 맡고 여자가 개입되었다는 것을 알게 되었지. 내 생각은
이미 스태플턴 부부 쪽으로 기울어져 있었네. 그래서 사냥개에
대한 확신을 가지게 되었고, 다트무어에 가기 전에 이미 범인이
누군지 짐작은 하고 있었지.

　나는 스태플턴을 감시해야 했어. 자네랑 함께 있으면 그 일을
할 수가 없었지. 그러면 그자가 경계했을 테니까. 그래서 자네
를 포함해 모든 사람을 속일 수밖에 없었던 걸세. 내가 당연히
런던에 있을 거라고 생각하게 한 뒤 몰래 다트무어로 내려갔지.
쿰 트레이시에서 지내면서 필요할 때만 황무지의 돌집을 이용
했다네. 자네가 보낸 보고서는 베이커가에서 쿰 트레이시로 전
달되어 곧바로 내 손에 들어왔고.

　자네 보고들은 많은 도움이 되었네. 특히 스태플턴의 과거에
관한 얘기가 그랬지. 나는 그들의 현재 모습만 알고 있었거든.
특히 탈옥수와 배리모어 부부의 관계는 사건을 복잡하게 만들
었네. 하지만 자네는 그 일도 아주 효율적으로 해결해 주었지.

　자네가 황무지에서 나를 발견했을 무렵엔 사건의 전모를 이
미 파악하고 있었다네. 하지만 법정에 들고 갈 결정적인 증거가
없었지. 불운한 탈옥수를 죽음으로 몰고 갔던 그날 밤, 헨리 경
에 대한 공격을 시도했다는 사실도 별 도움이 되지 않았어. 스

태플턴을 현장에서 체포해야만 했네.

스태플턴 부인이 남편을 배신하지 않는 선에서 헨리 경에게 경고를 하려고 계속 노력하자 그는 질투를 느끼는 것 같더군. 하지만 그는 그들의 우정을 부추겨서 헨리 경이 자주 메리핏 하우스를 찾아오게 만들었지. 조만간 자기에게 필요한 기회를 잡아야 했으니까.

얼마 후 그의 아내가 탈옥수의 죽음에 대해 알게 되면서 남편이 또 다른 범죄를 꾸미고 있다고 의심하게 되었지. 그래서 그녀는 남편의 계획적인 범죄에 대해 따지고 들었다네. 그 와중에 스태플턴은 처음으로 라이온스 부인이 자기를 사랑하고 있다는 사실을 말했고, 그동안 나름대로 남편에게 충실했던 아내는 가슴 저미는 분노에 휩싸이게 되었지.

이 다툼으로 스태플턴은 아내가 분명히 자기를 배신할 거라 생각했네. 그래서 헨리 경에게 경고를 하지 못하도록 아내를 매달아 놓았던 걸세. 그자는 이웃 사람들 모두가 헨리 경의 죽음이 단순히 집안에 내린 저주 때문이라고 생각하면 아내도 입을 다물어 줄 거라고 바란 게 분명해. 하지만 그가 잘못 생각한 것 같네. 스페인의 피가 흐르는 여자는 학대를 그리 쉽게 용서하지 않거든."

"그렇지만 헨리 경까지 찰스 경처럼 놀라서 심장마비로 죽길 바란 것은 무리가 아니었을까?"

"그 무시무시한 개는 사나운 데다가 굶주려 있었지. 헨리 경이
죽지 않더라도 저항할 만한 힘을 잃어버릴 것은 분명한 일이었
다네. 그리고 나머지는 개에게 맡기면 되었으니까."

"그렇군."

"여보게, 우리는 지난 몇 주 동안 너무 과한 업무에 시달려 왔
네. 그러니 오늘 하루만이라도 즐거운 일에 눈을 돌려 보세. 자
네를 위해 연극을 한 편 예약해 두었다네. 자네, 드 레스케가 부
르는 노래를 들어 본 적 있나? 없다고? 그럼 삼십 분 안에 준비
를 끝내 주겠나? 극장에 가는 길에 마르치니 식당에 들러서 간
단히 저녁이라도 먹을 수 있게 말일세."

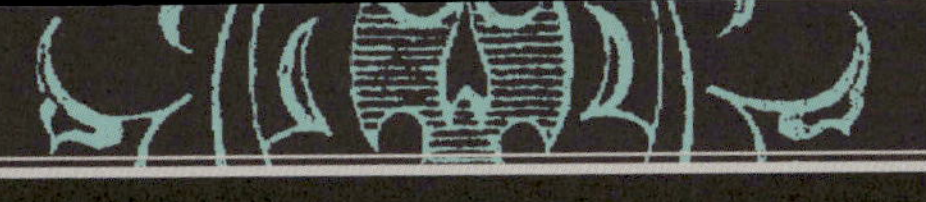

인간의 탐욕이 부른 죽음, 그 비밀을 파헤치는 논리의 세계

강혜원 _ 전 서울 상암고등학교 국어 교사

추리의 바다에 풍덩!

옛날 어느 마을에 부지런한 농부가 살고 있었다. 농부는 밤낮으로 억척스럽게 일을 해서 삼천 냥을 모았다. 그런데 어느 날 낯선 사내 한 명이 찾아와 다짜고짜 돈을 빌려 달라고 했다. 농부가 미심쩍게 여기며 망설이자, 그는 금덩이 하나를 내놓으며 말했다.

"돈 몇천 냥 쓰려고 이 금덩이를 팔 수가 없어서 그럽니다. 우선 이걸 맡겨 놓을 테니, 나중에 원금과 이자를 가지고 오면 돌려주시지요."

가만히 생각해 보니 금덩이는 몇만 냥어치는 될 것 같았다. 농부는 금덩이를 받고 삼천 냥을 얼른 내주었다.

그러고 나서 며칠 후, 금 캐는 일을 하는 조카에게 그 금덩이를 보여 주었다. 그런데 이게 웬 날벼락인가? 그것이 글쎄, 금덩이가 아니라 납덩어리에 금박을 입힌 가짜라고 하는 것이었다.

이를 어쩐단 말인가? 농부는 그 금덩이만 믿고, 돈을 빌려 간 자가 어디에 사는 누구인지도 알아 두지 않았던 것이다. 농부가 머리를 싸매고 드러눕자, 그의 아들이 기가 막힌 묘안을 짜냈다. 그 덕에 농부는 사기꾼도 잡고 돈도 되찾았다. 과연 어떤 방법이었을까?

우선 농부는 아들이 시키는 대로 조카에게 단단히 입단속을 시켰다. 그러고는 주막에 나가 술을 마시며 사람들에게 하소연을 했다.

"글쎄, 이런 변이 어디 있소? 집안이 망하자니 별일도 다 있지! 며칠 전 우리 집에 낯선 사람이 찾아와 금덩이를 맡기고 돈을 빌려 갔는데, 그날 밤 어떤 죽일 놈이 그 금덩이를 훔쳐

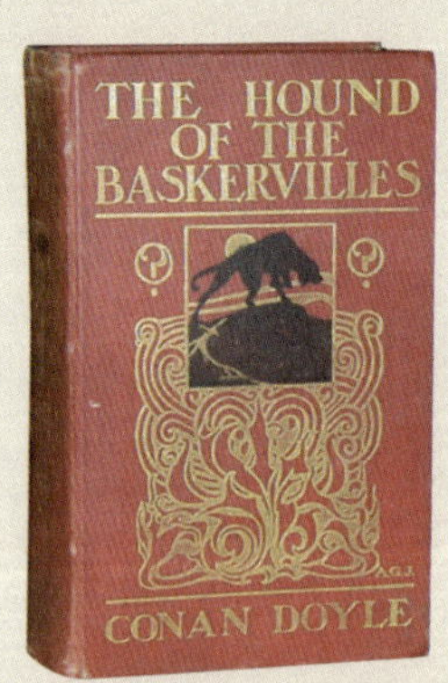

《바스커빌가의 개》 초판본

갔지 뭐요. 금덩이를 맡긴 이가 찾으러 오면 전 재산을 털어 주어야 할 판이니, 이 일을 어떡하면 좋단 말이오.”

발 없는 말이 천 리를 간다고, 이 말은 삽시간에 퍼져서 삼천 냥을 빌려 간 사기꾼의 귀에도 들어갔다. 얼씨구나! 사기꾼은 무릎을 치며 기뻐했다. 그는 당장 원금과 이자를 준비해 농부의 집으로 찾아갔다.

그러자 농부는 기다렸다는 듯이 금덩이를 꺼내 주는 것이 아닌가? 물론 그것뿐만이 아니었다. 뒤이어 눈앞에 별이 번쩍이도록 몽둥이찜질이 쏟아졌다. 결국 사기꾼은 농부가 쳐 놓은 함정에 꼼짝없이 걸려들고 만 것이었다.

이렇게 범인의 심리를 이용해서 사로잡는 것을 ‘심리 수사’라 한다. 위의 이야기에서는 농부의 아들이 기지를 발휘해 범인을 잡았다. 만약 내기 그런 상황에 놓였다면 어떤 방법으로 돈을 되찾을까?

평소에 머리 쓰는 일이라면 도리질부터 해대는 사람일지라도 이 같은 글을 읽다 보면 한 번쯤 머리를 쥐어짜며 궁리를 해 보고 싶기 마련이다. 그러다 사건이 명쾌하게 해결되는 대목에 이르면 마치 십 년 묵은 체증이 내려가는 듯이 짜릿한 쾌감을 느낀다. 바로 이런 매력 때문에 사람들이 추리물에 그토록 열광하는 것이 아닐까?

일본 애니메이션 중에 고등학생 명탐정이 등장하는 작품이 있다. 바로 《명탐정 코난》이다. 아오야마 고

일본 애니메이션 〈명탐정 코난〉

쇼가 지은 작품으로, 검은 옷의 사나이들 때문에 이상한 약을 먹고 작아진 신이치(우리나라로 오면서 남도일로 이름이 바뀐다.)가 코난이라는 이름을 쓰면서 탐정 활동을 펼치는 얘기다. 코난은 아무리 어려운 문제와 맞닥뜨려도 거침없이 척척 해결해 나가서 시청자들에게 통쾌함과 유쾌함을 선사한다.

하지만 제아무리 코난이 인기가 많다 해도 인기몰이 탐정의 원조는 따로 있다. 바로 체크 무늬 모자로 대변되는, 아니 명탐정 코난 역시 존경해 마지않는다는 셜록 홈즈이다. 셜록 홈즈가 누구냐고? 음, 추리 소설의 대가 아서 코난 도일이 평생에 걸쳐 창조해 낸 인물이다. 눈치 빠른 친구들은 이미 알아챘겠지만,《명탐정 코난》의 주인공 이름 역시 그의 이름에서 딴 것이다.

도일의 작품 중에서 홈즈가 등장하는 것은 무려 육십 편에 이른다. 그 가운데 단편이 쉰여섯 편이고 나머지 네 편이 장편이다. 《바스커빌가의 개》는 작가가 자신의 작품 중《얼룩 무늬의 끈》에 이어 두 번째 대표작으로 꼽은 소설로, 1901년 8월부터 1902년 4월까지 9개월간《스트랜드 매거진》에 연재된 후 같은 해에 단행본으로 출간되었다.

추리 소설은 그 어떤 소설의 갈래보다 논리적으로 전개된다. 소설 속의 설정 하나하나가 모두 논리의 끈으로 긴밀하게 이어져 있기 때문이다. 이참에 꼬리에 꼬리를 물고 일어나는 사건들의 실마리를 좇아 이리 뛰고 저리 뛰면서, 논리라는 것이 우리 삶과 어떻게 맞닿아 있는지 느껴 보는 것도 좋을 듯하다. 자, 그러면 홈즈와 함께 추리의 바다에 풍덩 뛰어들어 보도록 하자.

내가 바로 진짜 셜록 홈즈!

셜록 홈즈는 지금까지 천이백여 편의 영화와 TV 드라마에 등장했으며, 그중에서 주인공으로 등장한 영화만도 무려 이백여 편에 달한다. 영화 역사상 가장 많은 작품에 출연한 소설 속 인물이라 하겠다. 총 예순한 명의 배우가 홈즈 역을 연기했는데, 특이하게도 홈즈를 대표하는 완벽한 이미지의 배우가 시대마다 한 명씩 등장해 많은 사랑을 받았다.

윌리엄 질렛 William Gillette

셜록 홈즈로 유명해진 최초의 배우. 파이프를 입에 문 홈즈의 모습을 만들어 낸 주인공이다. 질렛은 도일처럼 심령학에 빠져들기도 하고, 철도 모형을 수집하는 일에 몰두하기도 하며, 한밤중에 시내를 쏘다니기도 하는 등 홈즈와 비슷한 습관을 가진 것으로 유명하다. 1937년 세상을 떠날 때까지 관중들의 열광적인 지지를 받았다.

존 바실 레스본 John Basil Rathbone

1939년 영화 〈바스커빌가의 개〉에서 처음으로 홈즈 역할을 맡았으며, 이후 칠 년 동안 열다섯 편의 영화와 라디오 방송을 통해 홈즈를 연기했다. 윌리엄 질렛이 죽은 뒤 홈즈를 대표하는 인물로 꼽혔으며, 싸늘하고 냉정한 홈즈의 이미지에 가장 잘 어울리는 배우로 평가받았다.

피터 쿠싱 Peter Cushing

피터 쿠싱은 1959년에 제작된 영화 〈바스커빌가의 개〉에 출연하면서 홈즈가 되었다. 그는 도일의 원본을 탐독하며 홈즈와 관련된 책이나 의상, 기념품 등을 수집했던 홈즈 마니아였다. 이후 1968년 BBC에서 만든 열다섯 편의 홈즈 이야기에서 주연을 맡아 당대 최고의 홈즈로 자리매김했다.

제레미 브렛 Jeremy Brett

홈즈 역을 맡은 영국 배우. 1983년부터 1994년까지 영국의 그라나다 방송국에서 제작한 홈즈 시리즈를 통해 큰 인기를 모았다. 가장 원작에 충실한 홈즈를 만들어 냈다는 평을 받고 있으며, 각본이 원작에서 벗어날 때마다 '도일에게 돌아가자'고 강력하게 주장했다고 한다.

퍼즐을 맞추듯 펼쳐지는 살인 사건의 실체

홈즈와 그의 친구 왓슨이 살고 있는 베이커가 221번지에 어느 날 손님이 방문한다. 바스커빌가의 주치의인 모티머이다. 그는 낡은 서류 하나를 꺼내는데, 그 서류에는 오래 전부터 바스커빌 가에 전해 내려오는 전설이 담겨 있다.

백오십 년 전 휴고 바스커빌과 무시무시한 사냥개에 얽힌 엄청난 사건이 일어난 후, 바스커빌가의 후손들은 악마 개의 저주가 자손 대대로 이어지고 있다고 믿고 있다. 그것을 입증이라도 하듯, 찰스 바스커빌 경이 황무지로 산책을 나갔다가 의문의 죽음을 당한다. 그리고 찰스 경의 시신 주변에서 엄청나게 큰 개의 발자국이 발견된다.

모티머는 바스커빌가의 다음 후계자인 헨리 바스커빌 경에게도 끔찍한 일이 일어날까 봐 걱정이 된 나머지 홈즈에게 사건을 의뢰하러 온 것이다. 이어 헨리 경에게 의문의 협박 편지가 날아들고, 이틀 동안 신발이 한 짝씩 사라져 버리는 일이 생긴다. 홈즈는 곧 왓슨을 헨리 경과 함께 바스커빌 저택으로 보낸다.

바스커빌 저택과 황무지는 정체를 알 수 없는 이상한 기운으

1988년에 제작된 영화 〈바스커빌가의 개〉에 등장하는 헨리 경과 모티머 선생

로 가득 차 있다. 탈옥수 셀던, 한밤중의 흐느낌, 괴상한 소리를
내는 그림펜 늪까지……. 뿐만 아니라 사람들 역시 뭔가 심상치
않다. 하인 배리모어는 밤마다 촛불을 들고 어디론가 사라지고,
생물학자 스태플턴은 황량한 들판에 외따로 있는 메리핏 하우스
에 살면서 바스커빌 집안 사람들에게 이상할 정도로 많은 관심
을 보인다. 반면에 그의 여동생 스태플턴 양은 자신에게 호감을
갖고 있는 헨리 경에게 하루라도 빨리 이곳을 떠나라고 기회가
생길 때마다 당부한다.

한편 헨리 경과 왓슨은 배리모어의 이상한 행동을 다그치다,
감옥을 탈주한 살인자 셀던이 황무지의 돌집에 숨어 있다는 사
실을 알게 된다. 그 후 왓슨은 우연히 탈옥수 셀던 말고도 정체
불명의 사나이가 그곳에 머무른다는 사실을 알고, 그 사나이의
정체를 밝히려고 황무지의 돌집을 찾아갔다가 뜻밖에도 홈즈와
맞다뜨린다.

왓슨은 홈즈에게서 스태플턴 남매는 원래 부부 사이이며, 찰
스 경을 죽음으로 이끈 장본인이 스태플턴이라는 이야기를 듣는
다. 바로 그때 사냥개가 울부짖는 소리와 함께 끔찍한 비명 소리
가 들려온다. 헨리 경의 옷을 입고 있던 탈옥수 셀던이 사냥개의
공격을 받고 죽음을 당한 것이다.

홈즈는 곧 왓슨과 함께 런던으로 돌아간 것처럼 꾸민 다음, 헨
리 경 혼자서 스태플턴의 집을 방문하도록 지시한다. 얼마 후 헨
리 경이 방문을 끝내고 집으로 돌아가는데……. 짙은 안개 속에
서 두 눈을 이글거리며 입에서 불을 뿜는 악마 개가 튀어나와 달
려든다.

이를 예상하고 미리 매복해 있던 홈즈와 왓슨은 악마 개를 사
살하고, 바스커빌 가문의 재산을 가로채기 위해 사냥개를 악마

번뜩이는 영감의 원천, 다트무어

《바스커빌가의 개》의 무대가 되는 곳은 영국 잉글랜드 남서부 데번 주 서쪽에 있는 다트무어이다. 이곳은 척박하고 황량한 황무지에 화강암으로 이루어진 바위산이 솟아 있는 거친 고원 지대이다.

다트무어에 있는 가장 큰 주거지는 1806년에 형성된 프린스 마을이다. 이 마을은 나폴레옹 전쟁 때 프랑스 인 포로들을 수용하기 위해 지은 다트무어 감옥의 편의를 위해 만들어졌다. 그 후 다트무어 감옥은 중죄인을 수감한 영국 최대의 교도소로 바뀌었다. 이러

황량한 다트무어 전경. 솟아 있는 바위들은 '토르'라고 불리는데, 기후 변화에 따른 풍화 현상으로 생겨났다고 한다. 영국에서도 특히 다트무어 지역은 변화무쌍한 날씨로 유명하다.

한 사실은 작품 속에 탈옥수 셀던이 등장하는 것과 무관하지 않아 보인다.

또한 이 지역에는 아주 오래 전부터 악마 개에 관한 전설이 전해 내려오고 있었는데, 도일은 이 전설을 듣자마자 이곳을 샅샅이 답사한 후《바스커빌가의 개》를 집필했다. 그 덕분에 작품 속에서 황량하고 으스스한 황무지의 분위기가 아주 생생하게 묘사되었다.

다트무어는 추리 소설의 여왕 아가사 크리스티와도 인연이 있다. 1916년 그녀가 첫 작품을 쓸 당시 생각대로 집필이 되지 않아 어려움을 겪고 있을 때였다. 보다못한 어머니가 "책을 쓸 생각이라면 다트무어에라도 가서 머무는 것이 어떠냐?"라고 조언을 하였고, 이후 그녀는 삼 주 동안 실제로 다트무어에 가서 생활하였다. 그 덕분에 이곳에서《스타일즈 저택의 죽음》이라는 추리 소설이 태어났다.

혹시 이 황량한 땅 다트무어에, 추리 소설에 번뜩이는 영감을 불어넣어 주는 어떤 기운이 존재하는 게 아닐까?

개로 둔갑시켜 몰래 키워 온 스태플턴을 추적한다. 하지만 황무지로 이어지던 스태플턴의 발자국은 그림펜 늪 근처에서 종적을 감추고 만다.

심령학에 심취한 추리 작가,
아서 코난 도일

홈즈를 창조해 낸 아서 코난 도일은 1859년 스코틀랜드 에든 버러에서 태어났다. 아버지 찰스 에드몬드 도일과 어머니 메리 도일의 네 번째 자녀였다.

도일의 할아버지는 유명한 정치 풍자 화가였으며, 아버지는 관청의 서기 일을 하면서 틈틈이 그림을 그렸다고 하니, 예술적 기질이 풍부한 집안이었던 모양이다.

어린 시절의 도일은 예수회 학교를 다닌 영향 때문인지 한때 성직자를 꿈꾸기도 했다. 그러나 아버지가 알코올 중독으로 병원에 입원하면서 집안 형편이 기울자, 돈을 벌어야겠다는 생각으로 장학금을 받고 에든버러 의과 대학에 입학했다.

그곳에서 그는 훗날 홈즈의 모델이 되는 조셉 벨 교수를 만났다. 벨 교수는 환자를 진찰할 때 추리 기법을 자주 사용했다. 환자의 외모와 팔의 문신, 술 냄새, 구두에 묻은 진흙 등으로 환자의 출신 지역과 성격, 직업, 환경 등을 모두 알아맞혔다. 벨 교수의 조수로 일하면서 깊은 감명을 받은 도일은 그를 모델로 한 추리 소설을 써야겠다고 결심하게 되었다.

대학을 졸업한 후에는 포경선과 화물선의 전속 의사가 되어 북대서양과 아프리카 근해를 돌아다니며 모험을 하기도 했다. 이때의 경험이 바로 그가 쓴 추리 소설과

도일의 어린 시절. 그는 독서를 좋아해서 매일같이 도서관에서 책을 빌려 읽었다고 한다.

아서 코난 도일의 생전 모습과 영국 햄프셔 주의 민스테드 교회에 위치한 그의 묘지

모험 소설의 밑바탕이 되었다.

1886년 도일은 홈즈와 왓슨을 주인공으로 내세운 첫 작품《주홍색 연구》를 완성했다. 그러나 출판해 줄 곳을 찾지 못해, 이듬해《비튼의 크리스마스 연감》이라는 다른 작가의 책에 가까스로 수록을 하였다. 반응은 썩 좋은 편이 아니었다.

하지만 두 번째 작품《네 개의 서명》을 발표했을 때는 전작과 달리 굉장한 호평을 받았다. 그 후 오스트리아 빈으로 유학을 다녀와서 베이커가에서 가까운 윔플가에 병원을 개업했다. 그러나 시간이 지나도 찾아오는 환자가 거의 없자, 작품 활동에만 전념하기로 작정하고 병원 일을 접어 버렸다.

도일은 우연히《스트랜드 매거진》에 셜록 홈즈 시리즈를 연재하기 시작했다. 이 시리즈는 기대 이상으로 큰 인기를 끌었고, 덩달아 잡지의 매출도 올라갔다. 여기에 실린 첫 번째 단편 〈보헤미아 왕국의 스캔들〉부터 일 년간 연재한 열두 편의 작품을 모아 1892년에 첫 단행본《셜록

1911년에 발표한 공상 과학 소설 《잃어버린 세계》의 표지

지옥의 사냥개, 헬 하운드

《바스커빌가의 개》에서는 무시무시한 사냥개가 중요한 역할을 한다. 이 사냥개를 본 것만으로도 찰스 경은 심장마비를 일으켜 사망했고, 전설 속 휴고 경의 친구들 역시 정신이 나가거나 죽음을 맞았다.

영국에서는 이러한 사냥개를 전설 속의 괴물로 취급하고, 헬 하운드(Hell Hound)라고 부른다. 이 개는 해질 녘의 묘지, 물가, 교회의 십자로 등에서 볼 수 있는데, 송아지만 한 크기에 날카로운 붉은 눈을 가지고 있으며, 입에서는 유황 내와 함께 불길을 뿜어 낸다고 전한다.

이 개는 보는 것만으로도 사람을 죽게 할 수 있으며, 만지거나 말을 건네는 것조차 위험하다고 알려져 있다. 그러나 일부 지역에서는 그 개를 발견하는 순간 십자를 긋거나 하느님께 기도를 하면 공격하지 않는다는 설도 있다.

《바스커빌가의 개》에 등장한 헬 하운드

세계적으로 유명한 소설 해리포터 시리즈 3편《해리포터와 아즈카반의 죄수》에도 이 헬 하운드가 등장한다. 해리포터의 대부이자 탈옥수인 시리우스 블랙이 몸을 숨기기 위해 이 검은 개로 변신하는데, 이 개는 아주 불안하고 신비로운 느낌을 조성하는 역할을 한다.

이리힌 헬 하운드는 실제로 존재한다기보다는 전설이나 신화 속에 즐겨 등장하는 우리나라의 '도깨비'와 비슷한 존재라 할 수 있다. 그렇다면 헬 하운드의 모델이 될 만한 개의 품종은 무엇이 있을까?

먼저 셰퍼드라고 알려진 저먼 셰퍼드 종을 꼽을 수 있다. 제1차 세계 대전 당시 독일군에서 활약을 보이며 널리 알려졌다. 이 개는 주로 경찰이나 군대의 경비견이자 수사견으로 쓰이지만, 맹인들을 이끄는 맹도견으로도 이용된다.

그 외에 불마스티프라는 종을 들 수 있다. 이 개는 불도그와 마스티프를 교배해서 생겨난 것으로 불도그의 험상궂은 외모와 전투력, 그리고 마스티프의 힘과 용감성, 민감한 후각을 모두 가지고 있다. 불마스티프는 한때 영국에서 사냥터의 야경꾼으로 유명했다고 한다.

이런 사냥개들은 대개 키가 육십에서 칠십 센티미터 정도이며, 몸무게는 삼십에서 사십 킬로그램에 달한다.

베이커가 221번지에 있는 홈즈 박물관 내부와 입구. 소설 속 홈즈의 사무실을 그대로 재현해 놓았다.

홈즈의 모험》이 출간되었다.

이후 도일은 이십여 년 동안 장편 네 편, 단편 쉰여섯 편에 이르는 홈즈 시리즈를 발표하였다. 그의 작품들은 추리 소설의 고전인 동시에 과학적 범죄 수사의 시초라는 큰 의미를 지니고 있다.

스물여섯 살이 되던 1885년, 도일은 루이즈 호킨스라는 여성을 만나 결혼했다. 행복한 결혼 생활은 그에게 활기를 불어넣어 주었고, 몇 년 후 작품이 인기를 끌면서 경제적으로도 윤택해졌다. 그러나 행복도 잠시, 갑자기 아내가 결핵에 걸려 얼마 살지 못한다는 진단을 받았다. 그는 작품 연재를 중단하고 아내의 치료를 위해 정성을 다했으나, 1906년 아내는 결국 세상을 떠나고 말았다.

그의 생애에서 가장 특이한 부분은 노년기에 이르러 심령학에 관심을 기울였다는 점이다. 1916년 무렵부터 심령학 잡지에 글을 발표하고, 세계 여러 곳을 돌아다니며 심령학을 전파하는 일에 힘썼다.

각종 강연회와 집필 활동으로 왕성하게 활동을 하던 도일은

코난 도일이 살인자라고?

홈즈라는 인물을 창조해 수많은 살인 사건을 해결한 코난 도일. 그런 그가 살인자로 지목되어 조사를 받는 일이 실제로 일어났다. 그것도 죽은 지 칠십 년이나 지나서 말이다.

이런 일이 일어나게 된 것은 심리학자 출신인 영국 작가 로저 개릭 스틸이라는 사람이 자신이 쓴 《바스커빌의 집》이라는 책을 통해 코난 도일을 살인자로 지목했기 때문이다. 이 책에서 그는 도일이 친구인 버트램 플레처 로빈슨의 소설 《다트무어의 모험》을 표절해 《바스커빌가의 개》를 썼다고 주장했다. 그리고 이 사실이 폭로될 것을 우려해 로빈슨 부인을 사주하여 로빈슨을 독살했다는 것이다. 만약 이것이 사실이라면 도일이야말로 《바스커빌가의 개》에 나오는 스태플턴만큼이나 사악하고 잔인한 인물이 아니라 할 수 없을 터이다.

로저 개릭 스틸의 《바스커빌의 집》의 표지

도일이 살인을 저질렀다고 주장하는 데는 몇 가지 근거가 제시되었다. 먼저 로빈슨이 장티푸스로 사망했다고 하는데, 정작 그에게서는 장티푸스의 병흔을 전혀 찾아볼 수 없었다는 점이다. 또한 장티푸스가 전염병인데도 불구하고 그 병을 옮은 사람이 아무도 없다는 점, 전염병에 걸린 사람은 화장을 해야 하는데도 로빈슨은 무덤에 묻혔다는 점 등이다.

도일의 소설에서 항상 멍청하다고 조롱을 받았던 영국 경찰은 그 어느 때보다 철저히 조사를 하겠다고 입장을 밝혔다. 하지만 셜로키언들은 이런 주장을 근거 없는 소문이라며 일축했다.

악마의 개에 대한 아이디어는 로빈슨에서 얻었을 수도 있지만 《바스커빌가의 개》는 분명히 도일의 작품이라는 것이다. 그리고 자신의 책을 효과적으로 홍보하기 위한 스틸의 음모라며 도리어 의혹의 눈길을 보냈다.

1930년 7월 7일 과로로 세상을 떠났다. 그의 묘비에는 '강철처럼 진실하고 칼날처럼 곧았다'라는 글귀가 새겨져 있다.

도일은 추리 소설 이외에도 역사 소설, 과학 소설, 괴기 모험 소설 등 다양한 장르의 소설을 썼다. 《잃어버린 세계》, 《마라코트 심해》 등의 작품은 과학 소설의 고전으로 꼽히고 있다.

죽음도 거스르는 마니아들의 힘

홈즈는 다른 탐정들보다 유난히 열성 팬을 많이 가지고 있다. 이들을 가리켜 셜로키언(Sherlockian) 또는 홈지언(Holmesian)이라고 부른다.

이들은 홈즈가 등장하는 책들을 모두 찾아 읽는 것은 물론, 홈즈의 생애를 재구성하고 홈즈가 해결한 사건들을 연구한다. 또한 소설 속 오류를 밝혀 내기도 하고, 홈즈의 출신 학교가 옥스퍼드 대학인지 케임브리지 대학인지를 놓고 언쟁을 벌이기도 하며, 홈즈와 왓슨의 성격, 여자 관계, 인간 관계까지 연구한다.

이러한 연구는 거의 학문적인 수준으로까지 발전했으며, 홈즈와 왓슨을 실존 인물로 보고 두 사람의 삶을 재구성하는 셜로키언 놀이는 무려 칠십 년이 넘는 역사를 갖고 있다.

현재 뉴욕의 베이커가 특공대와 런던의 셜록 홈즈 협회를 비롯해 전 세계에 사백육십여 개의 셜로키언 모임이 있다고 한다. 베이커가 특공대는 소설 속에서 홈즈를 돕는 거리의 아이들을 가리키는 것으로 그 명칭 역시 거기에서 따온 것이다. 모임의 회원 중에는 미국 대통령인 프랭클린 루스벨트, 과학 소설가인 아이작 아시모프 등 모두가 알 만한 유명 인사들도 꽤 많다.

이러한 연구 때문일까? 많은 사람들이 홈즈가 실제로 존재했던 사람이라고 생각하기도 한다. 우리나라에도

베이커가 특공대의 로고와 잡지. 이 잡지는 1946년에 처음 발간되었으며, 매년 3월과 6월, 9월, 12월에 나온다.

허구의 인물이 실존 인물처럼 여겨지는 경우가 종종 있다. 우리나라 고전 문학에서 가장 아름다운 사랑 이야기의 주인공으로 꼽히는 춘향이 그렇다. 남원에 가면 춘향과 이몽룡이 만났다는 광한루와 춘향이 탔다는 그네, 사당에 모셔진 춘향의 영정까지 만날 수 있다. 그러나 춘향은 소설 속에 등장하는 허구의 인물이다.

19세기 말 영국의 만화 잡지 《펀치》에 실린 카툰. 홈즈에게 매여 있는 도일의 모습을 풍자하고 있다.

홈즈 역시 마찬가지다. 소설이 연재될 당시 베이커가 221번지에는 사건을 의뢰하는 편지와 가정부를 자청하는 사람들의 자기 소개서가 매일같이 도착했다고 한다. 지금도 이곳에 위치한 금융 회사 애비 내셔널 빌딩에는 홈즈에게 보내는 편지가 끊임없이 쏟아져, 결국 직원 한 명이 홈즈의 비서 역할을 맡아 답장을 쓰고 있다.

이렇게 많은 이들이 홈즈에 열광했지만 정작 도일 자신은 추리 소설 작가로 인정받는 것을 그리 달가워하지 않았다. 원래 홈즈 이야기는 역사 소설 '챌린저 교수' 시리즈를 쓰기 위한 연습 차원의 작품이었는데, 이 작품이 셜록 홈즈 시리즈에 가려져 주목받지 못한다고 생각했던 것이다.

때마침 소재가 고갈되어 더 이상 써 나가기가 힘들어진 데다, 갑자기 아버지가 돌아가시고 아내마저 병에 걸리자 심리적으로도 크게 위축되었다. 결국 그는 홈즈를 죽이기로 마음먹고, 1893년 〈마지막 사건〉에서 결별하였다.

홈즈가 최후를 맞이한 라이헨바흐 폭포

1893년에 출간된《셜록 홈즈의 회상록》에 실린 단편 〈마지막 사건〉에서 홈즈는 스위스의 산 속 마을 마이링엔 라이헨바흐 폭포에서 최후를 맞는다. 도일은 왜 하필 이 폭포에서 홈즈의 최후를 그렸던 것일까?

셜록 홈즈 시리즈가 엄청난 인기를 끌고 있던 1893년 당시, 도일은 여러 가지 사정으로 홈즈를 죽이기로 마음먹었다. 마침 그는 병에 걸린 아내를 위해 스위스의 마이링엔에 머물고 있었다. 어느 날 산책 길에 주변의 지형을 살피면서 천천히 걷다가, 알프스 산에 둘러싸인 장대한 풍경에 취해 자신도 모르게 산 중턱의 외진 곳까지 올라갔다. 그때 어디선가 들려오는 장엄한 물소리. 바로 라이헨바흐 폭포였다.

"정말 무시무시한 곳이다. 눈 녹은 물로 수량이 불어난 급류가 거대한 심연으로 쏟아져 내리면, 불난 집의 연기처럼 물보라가 피어오른다. 쉼 없이 떨어져 내리는 긴 녹색의 노호하는 물줄기, 그칠 줄 모르는 소용돌이와 굉음 앞에서 사람들은 현기증을 느낀다."

〈마지막 사건〉에 묘사한 것처럼 인간을 압도하는 위압적인 라이헨바흐 폭포야말로 홈즈의 최후를 장식하기에 더할 나위 없이 훌륭한 곳이었다.

이곳에서 홈즈는 악당이자 라이벌인 모리어티 교수를 죽이기 위해 "모리어티를 끝장낼 수만 있다면 사회를 위해 이 한 목숨 기꺼이 바칠 것이다."라고 외친 후 모리어티를 끌어안고 폭포 아래로 몸을 날려 종적을 감추게 된다.

그런데 작품이 발표된 이후 마이링엔의 주민들은 깜짝 놀랐다. 갑자기 수많은 영국인들이 스위스의 이 작은 마을로 몰려들었기 때문이다. 극성스러운 셜로키언들은 라이헨바흐 폭포 앞에 국화를 두고 말없이 눈물을 흘렸다고 한다.

소설 속의 한 장소에 지나지 않았던 라이헨바흐 폭포가 홈즈의 성지로 바뀐 마법 같은 일이었다.

홈즈가 모리어티 교수를 끌어안고 폭포 아래로 떨어지는 장면을 그린 그림

라이헨바흐 폭포

그런데 이후 예상치 못한 일이 벌어졌다. 작가와 출판사 앞으로 홈즈를 살려 내라는 편지가 쏟아진 것은 물론이고, 홈즈의 죽음을 애도하며 검은 상장을 가슴에 달고 다니는 사람들까지 생겨난 것이다. 홈즈의 살해자로 도일을 고발하겠다고 나서는 사람도 있었다.

결국 도일은 팔 년 후인 1901년에 홈즈가 다시 등장하는 《바스커빌가의 개》를 발표했다. 홈즈를 완전히 살려 내고 싶지 않았기에, 이 소설을 홈즈가 죽기 이전의 상황으로 설정했지만 이것만으로도 팬들의 반응은 뜨거웠다.

1903년 단편 〈빈 집의 모험〉을 통해 홈즈는 완전히 부활했다. 도일은 열성적인 팬들 덕분에 홈즈를 되살릴 수 있었다며 고맙다고 밝혔다. 그러나 그에게 홈즈는 영원히 데리고 있을 수도, 함부로 내칠 수도 없는 애물단지 자식과도 같았다.

주인공을 빛내는 조연, 왓슨 역할

장르를 불문하고 모든 이야기에는 주인공이 존재한다. 그러나 조연과 주변 인물이 없으면 주인공은 주목받을 수 없다. 《바스커빌가의 개》에서 홈즈가 왓슨에게 말하는 것처럼, 조연은 스스로 빛을 내지는 않지만 주인공이 빛나도록 자극하는 역할을 한다. 한마디로 조연은 약방의 감초라는 말씀!

추리 소설은 보통 '피해자-범인-

영국 TV 방송 그라나다 셜록 홈즈 시리즈에 출연한 왓슨 역의 데이비드 버크. 날카로운 이미지의 홈즈와는 반대로 동글동글하고 부드러운 인상이다.

19세기 런던의 베이커가

탐정'이라는 삼각 구도를 띤다. 이 삼각 구도를 탄탄하게 뒷받침하는 것이 바로 '왓슨 역할(Watson Character)'이라고 불리는 인물이다. 이 역할을 처음 작품에 등장시킨 사람은 추리 소설의 창시자라 할 수 있는 에드거 앨런 포였다. 포는 뒤팽이 등장하는 소설 《모르그 거리의 살인 사건》, 《마리 로제의 수수께끼》, 《도둑맞은 편지》 등에서 단지 '나'라고만 알려진 인물을 등장시켰다. 이것이 왓슨 역할의 시초라 할 수 있다.

이런 인물은 작품 속에서 다양한 역할을 한다. 작품을 전달하는 화자가 되어 일인칭 시점으로 사건의 흐름을 기록하고 독자에게 상황을 전달하기도 하며, 적당한 대목에서 독자가 물어볼 만한 질문을 탐정에게 대신 던지기도 한다. 그 질문에 탐정은 본인이 생각하고 있는 사건의 정황 가운데서 독자에게 전달하고 싶은 것만을 골라서 일러준다.

이것은 추리 소설이 끝까지 긴장감을 놓치지 않고 이야기를 이끌어 나가는 중요한 방법 중 하나이다. 추리 소설은 대부분 진범이 누구인지 알고 있는 탐정의 속마음을 감추어 놓고 진행하다가 이야기의 마지막 대목에 가서야 그것을 밝힌다. 그렇기 때문에 왓슨 역할을 이용하는 것은 독자들의 궁금증을 적당히 해소시켜 주면서, 가장 중요한 매듭을 푸는 일은 탐정의 몫으로 남겨 둘 수 있는 편리함이 있다.

또한 주인공이 천재적인 탐정인데 반해 왓슨 역할의 인물은 일반 독자보다 다소 머리가 나쁜 것으로 설정되기 때문에 탐정

하드보일드 추리 소설

하드보일드(hard-boiled)는 1930년대 미국 문학에서 등장한 새로운 글쓰기 방식을 가리키는 말로, 원래는 '계란을 완숙한'이라는 뜻이다. 그러나 지금은 냉혹하고 비정한 현실의 사건을 감상에 빠지지 않고 간결한 문체로 묘사하는 방법을 의미한다.

이 방식은 불필요한 수식을 일절 빼 버린 채 빠르고 거친 묘사로 사실만을 전달하는 것으로, 특히 추리 소설에서 추리보다는 행동에 중점을 두는 '하드보일드 파'를 낳았다. 이는 도일이 주로 사용하는 계획된 사건, 꽉 짜여진 추리 방식과는 명확하게 구별된다. 이 방식을 본격적으로 사용한 추리 소설은 대쉴 해밋의 《플라이 페이퍼》(1929)인데, 이후로 레이몬드 챈들러, 로스 맥도널드 등도 하드보일드 파 작가로 활약하였다.

1920~1950년은 하드보일드 소설의 전성기로, 이 방식으로 씌어진 추리 소설이 수록된 백칠십여 개의 잡지들이 신문 가판대를 가득 채웠다.

대쉴 해밋. 해밋은 《마르타의 매》, 《유령의 열쇠》, 《그림자 없는 사나이》 등을 발표하면서 하드보일드 파 추리 소설의 일인자로 인정받고 있다.

의 천재성을 더욱 돋보이게 하는 구실을 한다.

왓슨 역할의 인물 중 가장 잘 알려진 것은 뭐니 뭐니 해도 도일의 작품에 등장하는 '진짜' 왓슨이다. 런던 대학에서 의학 박사 학위를 받은 왓슨은 군의관으로 아프가니스탄 전쟁에 참전했다가 부상을 입고 제대한 후 런던으로 돌아온다. 친척도 친구도 없던 그는 하숙방을 찾던 중 홈즈를 만나 베이커가 221번지에 살게 된다. 이후 그를 도와 다양한 사건을 접하면서 홈즈를 존경하게 되고 나중에는 조수를 자청한다.

왓슨은 결혼해서 홈즈를 떠나기도 하고 아내가 죽은 후 다시

베일에 싸인 홈즈의 사생활

작품 안에서 홈즈의 사생활은 많이 나오지 않는다. 오히려 왓슨의 개인적인 생활이 더 비중 있게 묘사된다. 그래서인지 독자들은 홈즈의 사생활을 몹시 궁금해 한다.

《셜록 홈즈의 모험》에서 홈즈가 코카인을 피우고 있는 장면

가장 공공연하게 알려진 홈즈의 사생활은 홈즈가 마약 중독이라는 것이다. 홈즈는 하루에 세 번씩 코카인을 흡입하고 모르핀 주사를 팔에 꽂는다고 한다. 당시의 영국은 마약 금지법이 없었기 때문에 이런 행동이 불법은 아니었다. 이따금씩 보이는 그의 이해할 수 없는 행동은 마약 중독 때문이라는 설이 있다. 또한 홈즈의 라이벌이었던 모리어티 교수는 코카인에 의한 환각 증세로 그가 만들어 낸 가공의 인물이라는 이야기도 있다.

의사로서 마약의 위험성을 알고 있던 왓슨은 홈즈의 이런 습관을 따끔하게 경고하곤 한다. 만약 왓슨이 뜯어말리지 않았더라면 그는 마약 중독으로 오래지 않아 비참한 최후를 맞았을지도 모른다. 왓슨의 노력과 끝없는 설득 덕분에 그는 훗날 코카인을 끊고 정상적인 생활인으로 돌아온다.

홈즈는 평생 독신이었다. 왓슨과 꽤 오랫동안 같이 살았기 때문에 동성애자라는 소문도 있지만 확실하지는 않다. 홈즈는 "연애라고 하는 감정은 냉정한 이성과 판단력을 흐리게 하는 적이다. 따라서 나는 추리력이 둔해지지 않도록 절대로 결혼을 하지 않겠다고 결심했다."고 심심찮게 말했으며, 왓슨이 결혼을 할 때도 "축하한다는 말은 할 수가 없군."이라고 하며 면전에서 비꼬았다.

그러나 홈즈는 여성에게 절대로 무례하게 대하지는 않았다. 다만 자신의 생활에 여성이 끼어드는 것을 극단적으로 싫어하는 결벽증적 기질을 가지고 있었을 뿐이다.

돌아와서 함께 생활하기도 하는 등 여러 가지 변화를 겪지만, 결국에는 거의 모든 사건을 기록해서 독자에게 정황을 알려 주는 역할을 한다. 의사로서는 그다지 인정받지 못했던 작가 도일이 자신의 일부분을 그에 투영했다고 추측할 수 있는 부분이다.

　천재적 탐정이 등장하지 않는 하드보일드 스타일의 추리 소설
이 등장하면서 왓슨 역할의 인물은 차츰 사라져 가는 추세이다.
그렇지만 이 요소는 독자의 심리를 교묘히 이용할 수 있는 가장
확실한 장치이기 때문에, 추리 소설이 존재하는 한 완전히 사라
지지는 않을 것이다.

의혹이 있는 곳에 열쇠가 있다
─우리도 홈즈가 되어

　자, 그러면《바스커빌가의 개》로 다시 돌아
가 보자. 이 작품을 읽으면서 우리는 여러 방면
에 정통한 홈즈의 박식함에 먼저 놀라고, 그 다
음에는 날카롭고 정확한 추리력에 혀를 내두
른다. 마치 처음부터 사건의 전모를 꿰뚫은 다
음, 수사를 진행하는 게 아닐까 싶을 정도로 판
단력이나 추진력 역시 탁월하다.

　그러나 홈즈 역시 사람이다. 남다른 통찰력
이 있어서 한순간에 모든 걸 꿰뚫어 보는 것이
아니라 엄연하게 논리적으로 추론하여 결론을
이끌어 낸다는 얘기다. 그렇다면 그가 어떤 식
으로 사건을 풀어 나가는지, 논리를 바탕으로
한 몇 가지 수사 원칙을 살펴보도록 하자.

홈즈가 사건에 몰두하고 있는 모습을 그
린 다양한 삽화들

탐정 수칙 1─조그만 실마리도 놓치지 않는다

모티머는 사건을 의뢰하기 위해 베이커가를

《공포의 계곡》에서 홈즈가 사건 현장을 살펴보는 장면

찾아오지만 홈즈를 만나지 못하고 돌아간다. 홈즈와 왓슨은 그가 두고 간 지팡이를 살피며 주인을 추리해 본다. 그리하여 지팡이에 적혀 있는 C. C. H.는 차링 크로스 병원의 약자이며, 지팡이는 친구들이 병원 개업을 기념해 선물한 것으로 추측한다. 욕심이 별로 없는 사람이라는 짐작도 덧붙여서. 또한 지팡이에 나 있는 개의 이빨 자국을 보고, 그가 개를 키우는 서른 미만의 젊은 신사라는 결론에까지 이른다.

이런 식으로 전개되는 추리를 귀납 추리라 한다. 귀납 추리란 구체적인 사실들을 통해 어떤 원리나 전체적인 특성을 추론해 내는 방법이다. 왓슨이나 홈즈의 추리 방법은 귀납 추리 중에서도 유비 추리에 해당한다. 유비 추리란 두 가지 현상 사이에 일련의 요소가 동일하다는 사실을 바탕으로, 그것들의 나머지 요소도 동일하리라고 추측하는 방법이다. 이러한 추리 방법과 관련해서《주홍색 연구》에 나오는 홈즈의 유명한 말이 있다.

"이론가는 한 방울의 물에서 대서양이나 나이아가라 폭포가 존재할 수 있다는 것을 추측해 낸다."

홈즈는 이런 추리 방법을 바탕으로 사소한 실마리 하나도 놓치지 않는다. 지팡이에 새겨진 개의 이빨 자국까지도.

탐정 수칙 2 – 수사의 밑그림을 그린다

홈즈의 수사 과정을 보면 그의 사고가 그저 귀납적 추리에만 그치는 것이 아님을 알게 된다. 구체적인 사실이나 작은 단서 하나에만 매여 있지 않고, 수사의 전 과정을 설계하는 넓은 안목이 함께 작용하고 있는 것이다. 이것은 앞에서 이야기한 귀납 추리 방식과 반대로 사고하는 연역 추리이다. 연역 추리란 아래 예시와 같이 어떤 일반적 원리, 또는 대전제를 바탕으로 구체적인 사실들을 이끌어 내는 방법이다.

누군가에게 감사의 선물을 받는 사람치고 나쁜 사람은 없다.
모티머는 감사의 선물로 지팡이를 받았다.
모티머는 착한 사람일 것이다.

또한 홈즈는 어떤 사건의 전모를 파악하기 위해서 그 사건을

우리나라 소설 속 최초의 탐정은?

우리나라 소설 속에 등장하는 최초의 탐정은 《염마》의 주인공 백영호이다. 《염마》는 채만식(1902~1950)이 조선일보에 1934년 5월부터 11월까지 서동산이란 필명으로 발표한 추리 소설이다.
표면적인 완전 범죄, 처음에는 의심을 받지만 나중에는 무죄로 판명되는 사람, 경찰의 미숙한 조사, 판단력이 뛰어난 탐정, 왓슨 역할의 조연 등 추리 소설의 기본적인 요소를 모두 갖추고 있다는 점에서 우리나라 최초의 본격 추리 소설로 평가받고 있다.
여기서 백영호 탐정의 캐릭터는 셜록 홈즈와 거의 유사하다. 그러나 홈즈보다 훨씬 인간미가 넘치고 유머 감각이 있으며 남성적인 매력이 물씬 풍기는 인물이다. 그는 독신이자 재산가이며, 과학 지식과 스포츠에 뛰어나 소설 속에 나오는 여자들이 모두 반하는 캐릭터이기도 하다. 왓슨 역할인 오복이와 함께 갖가지 사건을 해결해 나간다.

우리나라 최초의 탐정을 소설 속에 등장시킨 채만식

수집가들을 위한 셜록 홈즈 관련 소품들. 홈즈와 왓슨을 본떠서 만든 인형, 그리고 홈즈의 트레이트 마크인 모자와 파이프 담배

조감하듯 멀리서 바라볼 필요가 있고, 또 용의자의 신상을 파악하려면 사건 현장에서 멀리 떨어져 있거나 자신을 드러내지 말아야 한다고 생각한다. 그래서 바스커빌 저택에 표면적으로는 왓슨만 보낸다. 물론 자신은 황무지의 돌집에 몰래 머물면서 따로 조사를 진행한다.

세세하고 작은 단서에서 얻을 수 있는 성과와 사건 전체를 넓은 시각에서 바라볼 때 얻을 수 있는 성과는 분명 다르다. 홈즈 《공포의 계곡》에서 이렇게 말한다.

"넓은 시야는 이 직업에 꼭 필요하다. 특히 관념의 상호 작용과 지식의 간접적인 적용은 아주 재미있다."

탐정 수칙 3 — 맞춘 그림들을 다시 확인한다

결말 부분에서 작가는 홈즈의 긴 대사를 통해 남아 있는 의문들을 명쾌하게 설명해 준다. 범인이 왜 그러한 범죄를 계획했으며, 목적을 이루기 위해 어떤 과정을 거쳤는지, 그리고 탐정인 자신이 어떻게 그 사건을 해결해 갔는지……. 미처 생각지 못했던 다양한 복선과 장치, 완벽하게 맞아떨어지는 해결 과정에 고개를 끄덕이게 된다.

단순히 줄거리를 따라가는 차원을 넘어, 누가 범인인지 꼼꼼히 따져 가면서 작품을 읽는 추리 소설 마니아라도 소설 속에 숨어 있는 사건의 조각들을 단숨에 맞추기는 쉽지 않다.

홈즈는 작품 속 인물이나 독자들은 쉽게 이해할 수 없었던 원인과 과정, 결과를 모두 헤아리며 하나의 사건으로 연결 고리를 잇는다. 논리의 완결성, 이것이 바로 홈즈의 가장 중요한 탐정 수칙이다.

추리 소설에서 논리만 읽을 것인가

작품 후반에 우리는 하나씩 풀려 가는 사건의 진상을 보게 된다. 입에서 불을 뿜는 거대한 사냥개는 악마가 아니라 실제로 존재하는 엄청난 몸집의 사냥개였고, 입에서 나오는 불꽃은 어둠 속에서 빛을 내도록 인을 칠했기 때문이다. 그리고 밝혀지는 사건의 전모.

스태플턴은 바스커빌 가문의 후손이었으며, 그가 치밀하게 살인 계획을 세운 까닭은 찰스 경과 헨리 경을 죽이면 자신에게 막대한 재산이 돌아오기 때문이었다. 영악하고 잔인한 악당 스태플턴은 진실이 밝혀진 뒤 사라졌으나, 결국 죽음을 피하지 못했으리라는 추측을 남기고 사건은 끝이 난다.

작품에서 바스커빌 가문에 전해 내려오는 전설은 깊은 의미를 지니고 있다. 그것은

황무지를 걸어가는 홈즈와 왓슨

 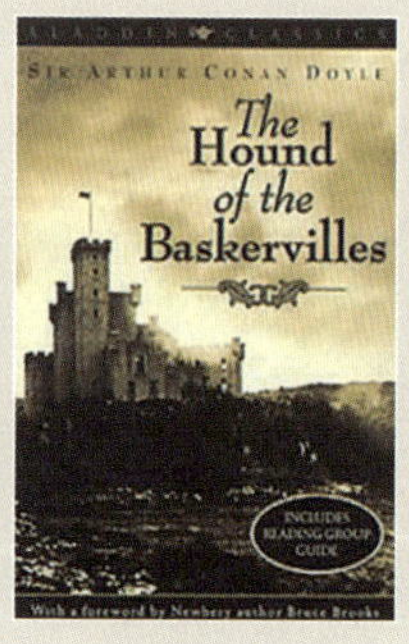 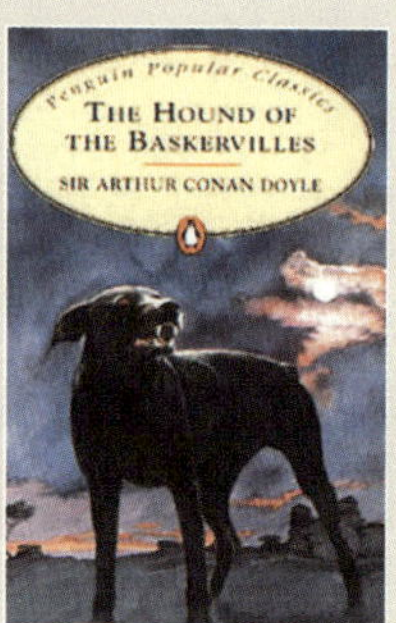

《바스커빌가의 개》의 다양한 판본들

살인 사건에 신비함과 공포를 불어넣는 장치일 뿐만 아니라, 작품의 주제 의식을 함축하고 있는 기본적인 모티브이기도 하다.

전설 속에는 휴고 바스커빌이라는 악당이 등장한다. 욕망을 다스리지 못하고 인간임을 포기한 불한당으로, 바스커빌 가문의 비극을 만들어 낸 중심 인물이다. 그는 사랑을 소유하는 물건 정도로 간단히 생각했다. 자신의 일그러진 열정을 위해 가난한 농부의 딸을 납치했으나, 소유욕을 채울 수 없게 되자 잔인하고 포악한 짐승처럼 날뛴다.

사람이 인간답게 관계 맺는 방법을 모른 채, 비인간적이고 야수 같은 행동을 할 때 비극은 시작되는 것이다. 그렇다면 휴고는 과연 개한테 물려 죽은 것일까? 전설은 그렇게 증언하고 있으나 누군가가 대신 나서서 휴고를 징벌했는지도 모를 일이다.

몇백 년 후에 벌어진 살인 사건. 찰스 경은 어려운 사람들을 도우며 신사답게 살았으나 억울하게 희생을 당한다. 바스커빌 가문의 후손인 스태플턴은 자신의 욕심을 채우기 위해 전설 속에서 악행을 징벌했던 사냥개를 오히려 악행의 수단으로 삼아서 살인을 저지른다.

그러나 주도면밀한 홈즈의 추적에 쫓겨 그 자신이 도리어 죽음의 길로 내몰린다. 자신의 욕망을 위해 사람을 죽이고, 결국 자기 자신까지 죽음에 이르게 되었다는 점에서 두 악당은 너무나 닮아 있다.

비록 전설 속에 등장하는 악마 개는 존재하지 않지만, 인간의 욕망은 언제든지 그러한 존재를 만들어 낼 수 있다. 전설 속의 개는 휴고 바스커빌의 악행에 대한 경고였다. 그러나 스태플턴은 이 경고를 무시하고 자기의 탐욕을 위해 전설 속의 이 개를 불러 냈다가 오히려 죗값을 치른 셈이다.

결국 전설이 말하고자 하는 것은 바로 비인간적인 악행을 멀리하라는 것이다. 이 같은 전설의 의미를 드러내기 위해서 사건의 진실은 언제나 낱낱이 밝혀져야 한다.

추리 소설에서 우리가 초점을 두어야 하는 부분은 사건의 결말이나 그것을 해결해 가는 논리적 사고만은 아니다. 추리 소설도 한 편의 문학 작품이기에 다른 작품과 마찬가지로 우리의 삶을 반영한다.

아리송한 사건을 해결하는 논리적 사고의 과정이 절묘한 깨달음과 앎의 기쁨을 주기도 하지만, 역시 우리의 질문은 궁극적으로 '인간이란 어떤 존재인가'로 귀결된다. 오히려 선과 악이 완벽히 대립하는 추리 소설에서 인간 본연의 모습이 더욱 극명하게 드러난다.

그리고 이러한 소설을 통해 우리는 진실을 밝히는 것이 단순히 진실 그 자체를 위해서가 아니라, 진실이 가려짐으로써 희생당할지 모를 수많은 사람들을 위해서 얼마나 중요한 일인지 배우게 된다. 아울러 냉철한 지성과 논리적 판단에는 따뜻한 가슴이 뒷받침되어야 한다는 사실도 잊지 말아야 할 부분이다.

푸 른 숲
징 검 다 리
클 래 식
0 0 8

바스커빌가의 개

첫판 1쇄 펴낸날 2006년 12월 8일
    13쇄 펴낸날 2025년 1월 31일

지은이 아서 코난 도일   **옮긴이** 이혜경
펴낸이 조한나
주니어 본부장 박창희
편집 정예림 강민영
디자인 전윤정 김혜은
마케팅 김인진 김은희
회계 양여진 김주연

펴낸곳 (주)도서출판 푸른숲
출판등록 2003년 12월 17일 제2003-000032호
주소 경기도 파주시 심학산로 10, 우편번호 10881
전화 031) 955-9010   **팩스** 031) 955-9009
인스타그램 @psoopjr   **이메일** psoopjr@prunsoop.co.kr
홈페이지 www.prunsoop.co.kr

ⓒ푸른숲주니어, 2006
ISBN 978-89-7184-700-8 44840
    978-89-7184-464-9 (세트)